トオル

事故と臓器

井原淑子
IHARA YOSHIKO

幻冬舎 MC

トオル　事故と臓器

CONTENTS

コスモス

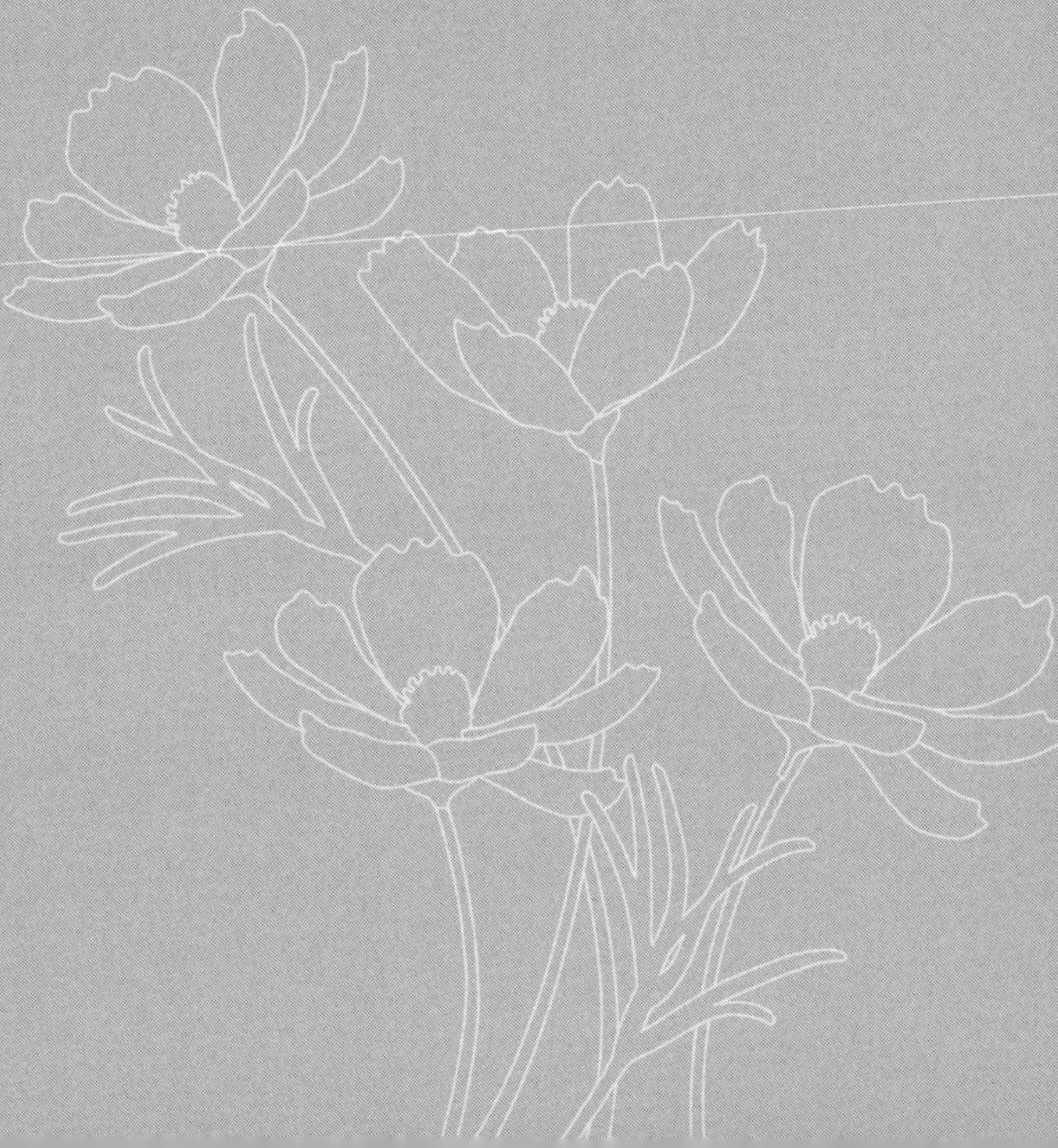

そよ風が頬を撫でていった。目を開けると、細くたおやかな薄緑色の茎が、風に靡《なび》いて揺れている。その向こうには青空。

(ここは、どこ?)

仰向けで、草木が覆う地面に横たわったようだ。立ち上がると、今度はピンクの花々が目に入った。

(コスモス!)

一面のコスモス畑。まるでピンクの絨毯だ。赤紫や白い花も所々に見える。

まさ子はズンズンと走った。

走りながら思った。

(ここに来たことがある……)

そうだ、少女の頃、背丈がうもれるほどのコスモスをかきわけて走ったことがあった。

足を止め、見上げるほどの高さに花を咲かせたコスモスを、たくさんの茎ごと両腕いっぱいに抱える。そうすると、花々がちょうど目の前で集まる。細長い花びらは、全部がピンクではなく、中央は濃い赤紫をしていた。真ん中の、おしべの花粉が黄金のように輝いている。

(かわいい花)

まさ子は顔に花粉がつくのも構わず頬ずりした。

「おかあさん」

後ろから声が聞こえる。

(透?)

そこには小学生の透がいた。コスモス畑の向こうに自転車を止めて、微笑んでいる。白いシャツに半ズボン。

「僕、知ってるよ。ここよりもっと咲いてるところ」

黒目がちの瞳がクリクリと動く。

(ここより?)

「お母さん、コスモス好きでしょ」

そういうと、透はおもむろに自転車を漕ぎ出した。

あっという間に透の背中は小さくなっていく。

(どこにいくの？　……待って、独りで行かないで！)

「透！」


彼女は自分の声で目を覚ました。

ピッ、ピッ、と電子音が響く。ポコポコと気泡が生まれる音が聞こえる。

そこは病院の一室。十九歳になった息子・透の病床である。城田まさ子は現実に戻った。

(こっちの方が、夢であったなら……)

実際、この数日に起きたことは、まさに悪夢のような出来事だった。

第一章　事故

七月、とある日曜の夕方。夏の夜は七時をまわってもまだ空が薄明るい。家族三人で夕食を済ませると、透はいつものように、犬のジョンを連れて散歩に出かけた。小型犬なので、普通は三十分もすると帰ってくるのだが、この日は小一時間が経ってもまだ戻らない。八時を過ぎればさすがにあたりは真っ暗だ。

(どうしたんだろう?)

そう思った矢先、電話が鳴った。警察からだ。女性の声だった。

「お宅でシェットランド・シープドッグの三歳犬を飼っていらっしゃいますか?」

「……はい」

「ジョンという名前で間違いないですか?」

「はい、そうです」

「こちらで鑑札を預かっています」

まさ子はほっと息をついた。

(透ったら、ジョンのリードを離してしまったのね。それで家に帰れず、ジョンを探し回っ

て遅いんだわ）

「すみません、息子が散歩に連れていって……」

まさ子が明るく応対すると、女性は間髪を入れず、本当の用件を話し出した。

「この犬を連れた青年が事故に遭って、今、U総合病院に救急搬送されました」

「えっ？」

受話器を持った右手が硬直する。まさ子は立っていられず、思わずその場に蹲《しゃが》み込んだ。

「事故…事故…」

まさ子の震えるような声を聞きとがめ、夫の幹雄は読みさしの新聞から目を上げる。

「どうした？」

その言葉で、まさ子は気を取り直した。

「……それで怪我の具合は？　息子は……」

「こちらではわかりかねます。すぐに病院の救急センターにいらっしゃれますか？」

「もちろん、もちろんすぐに参ります。駅前の、U病院ですね？　――あなた、あなた！

透が、透が事故に遭った！」

幹雄は新聞をバサッと投げ捨て、「車、出すぞ！」と言ってソファから立ち上がった。

救急センターに着くと、中年の男性警官が出迎えた。

「城田さんですね。交通安全課の宮城です。お待ちしていました」

警官は二人を連れて病院の廊下をどんどん進んだ。まさ子はただ、警官の背中だけを見て足を動かす。どこをどう歩いたのかなど、わからない。暗い森の中を彷徨っているようだった。

「こちらです」

警官が手のひらで示したのは、『手術室』と書かれたドアの前の廊下に置かれたストレッチャー。まさ子はまだ信じていない。そこに横たわっているのが本当に透なのかどうか。

(人違いかもしれない。ジョンと一緒にいたというだけだから)

しかし、近づいて見れば、紛れもなく我が子であった。

「透！　透！」

駆け寄って手を握ると、透は目を開けて、まさ子をじっと見た。

「よかった！　あんまり傷がないのね。心配したわ。何があったの？」

頭頂部には大きなガーゼが置かれ、それを止めるためネット包帯が被せられている。

「頭、打ったの？　たくさん切ったの？　もう処置は終わったの？」

「城田さん、よろしいですか？」

「はい？」

「お母様、それからお父様も。事故の状況を説明させていただければと思います」

幹雄がゆっくりうなずいた。

「新並木通り、ご存知ですよね。ご自宅の近くです。見通しのいい直線道路。あの、イチョウ並木の途切れるところに、信号のない交差点があります。そのあたりで、バイクとバイクが接触する事故が発生しました。ご子息は、たまたまそばを歩いていて、事故に巻き込まれました」

「通りを横断していた……ということですか？」

まさ子は、透にも落ち度があったのかどうかが気がかりだった。

「いいえ、歩道にいたようです。近くで目撃された方がいらっしゃいました。その方のお話によると、二台のバイクが猛スピードで、競い合うようにして爆走し、その交差点付近で一台がもう一台のバイクを追い越そうとして接触、大破しました。その拍子にドライバーの一人がバイクから大きく歩道の方に飛ばされたとのことです。ご子息は、飛んできたドライバーの体に当たってはね飛ばされ、歩道と駐車場の境目にある縁石に頭を強打し、出血しました。その目撃者――女性ですが、彼女が救急車も呼んでくださいました。……容体が落ち着かれましたら、ぜひ一度、お礼をおっしゃっていただければと思います。容体が落ち着かれたらで結構です。その……搬送した救急隊員の話では、脳挫傷で……それもかなりの重症、ということで……」

まさ子には、「重症」という言葉が頭の中で何度も何度もぐるぐる回った。警官はその様子を注意深く観察しながら言葉を継いだ。

「今はまず、ご子息が回復されることが最優先ですので、他のことはまた追々」

すると、それまで黙っていた幹雄が話を始めた。

「では、うちの息子には、全く過失はないんですね？　歩道を歩いていて巻き込まれた、と」

「はい」

「それで、バイクの運転手は？」

幹雄の問いに、警官が少し顔を曇らせたような気がして、まさ子が尋ねる。

「お亡くなりに？」

「いえ。一人は打撲と脱臼と火傷、もう一人——ご子息と接触した方は、歩道の植え込みに運良く落ちて、かすり傷程度です」

「……」

「まことに、なんと申し上げれば良いのか……」

警官はまさ子と幹雄の心中を察し、そう言葉を絞り出すと、うつむいて目をつぶった。

バタバタとせっかちに廊下を歩く音がした。薄水色のキャップを着け、白衣を着た大柄なドクターである。救急患者が多かったのか、疲れた顔をしている。ナースを一人連れていた。

「どの患者？　あ、これか」

あまりにぞんざいな言いように、まさ子は声も出ない。

「ご両親です」

警官の宮城がたしなめるようにしてまさ子たちの存在を教える。

「あ、今晩の救急担当の松井です。脳挫傷みたいですね。でもお母さん、バイク乗るならヘルメットくらいさせなくちゃ。二人乗り？　後ろの方が飛ばされるんだよね。友達だから恨みっこなしだろうけど。大体、道路でチキンレースとか、事故になって当然でしょう」

まさ子は自分の体が内側から熱くなるのを感じた。

「違います」

「え？」

「うちの子はバイクなんか乗ってません！　犬の散歩に行っただけです！」

「……友達じゃないの？」

「城田さんは！」

警官の宮城の低い声が響いた。

「この患者さんは、歩道を歩いていて巻き込まれた方です」

松井医師は、バツが悪そうに頭を掻いて、ナースに責任をなすりつけた。

「さっきヘルメット持った友人が来たって言ったじゃないか！」

そしてまさ子たちの方に向き直った。

「すみませんね、情報が錯綜していて。とにかく、手術します。ここでナースの指示を待ってください。それから。先に言っておきますが、あまり期待しないでくださいよ。脳をやられてるんで」

そう言い放つと、松井は一人で手術室に入っていった。

「……あのお医者さんが、透を手術するの？」

まさ子は手術室のドアを見つめながら呟いた。

「口は悪いが腕はいい、というドクターもいるよ」

幹雄が放ったその言葉は、まさ子を励ますというより、自分に言い聞かせるためのものだったかもしれない。

不意に、まさ子はジョンのことを思い出した。

「そうだ、おまわりさん。ジョンは、うちの犬はどこにいますか？」

「ワンちゃんは、大破したバイクの車体の一部が直撃して、絶命しました。重ねてお気の毒です」

「お巡りさん、お願いがあります」と幹雄が言った。

「なんでしょう」

「息子の容態が落ち着いたら必ず引き取りに行きますので、それまで亡骸を預かっておいてください。息子が可愛がっていた犬なので、ちゃんとしてやらないと」

まさ子も念を押した。

「そうです、絶対に捨てたりしないでください。ジョンは……透の身代わりになったのかもしれないんだから」

まさ子は透の手を握った。

（大丈夫よ。きっと助かる。ジョンが守ってくれる）

手術はなかなか始まらなかった。いつになっても手術室に運ばれない状況に苛立ちながら、まさ子は透にずっと付き添っていた。ここに来た直後は、まさ子の声に反応して目を開けたりしていたが、やがて反応が鈍くなっていく。素人ながら、このままでは死んでしまうのでは?と思うと、胸が苦しくなって自分のほうが先に死んでしまいそうだ。深夜になってようやく手術室へと移動してくれた時、それだけでまさ子は大きく安堵した。

しかし、やがて手術室から出てきた松井は、相変わらずデリカシーのない言葉を次々と浴びせかけるのだ。

「ほんとに打ちどころが悪かったですね。脳挫傷といってもいろいろなんだが、彼の場合は延髄をやられてる。延髄っていうのは、呼吸とか、生きることに欠かせない活動を司るところなんで。直接生き死にに関わるわけです。手術で血腫は取り除きました。あと、シャントといって、脳内の髄液が溜まって脳みそを圧迫しないように、髄液を他の場所に流してやる手術もしました。数日ICUで経過をみて、その後はリカバリー室で、様子をみることになりますが、まあ最初に言いましたけど、期待はしないでください。ほぼ脳死状態ですから」

(脳死状態……)

まさ子はもはや、立っているのがやっとの状態だ。幹雄は気丈に平静を装い、松井に頭を下げた。

「ありがとうございました」

松井は軽くうなずくと、キャップを取りながらスタスタと去っていった。まさ子はやり場のない思いを胸に、その後ろ姿を見つめた。

＊＊＊

この病院では、手術後ＩＣＵほどの設備は不要なまでも、合併症等に対応する必要がある患者の容態が安定するまで頻繁に患者を観察できるように、「リカバリー室」を設けていた。一般病棟と違い、「休息」より「治療」に特化した部屋だ。だから、患者がいかに快適かより、医師がいかに診療しやすいかに重点が置かれている――まさ子にはそんな気がした。八床あるベッドに横たわる患者は全員裸に紙おむつだ。透も、同じく裸だった。そして腕、脚、胸、口、鼻、頭頂部と、身体のそこかしこにチューブがつながれている。ふさふさだった黒い髪も、緊急手術を終えて戻ってくると、全て剃り上げられていた。

（それは仕方がない。みんな治療のためだから）

まさ子は一生懸命納得しようと努力した。でもこの部屋の不衛生さだけは、どうしても我慢がならなかった。

（ＩＣＵは、あんなに綺麗で、設備も最新式のものが揃っていたのに……）

手術後数日を過ごしたＩＣＵが〈白〉だとすれば、リカバリー室は〈煤けた薄茶色〉。強い薬品の匂いに混じって、何の匂いか饐《す》えたような臭気が漂い続ける。そのせいなのか、窓は常に開けられていた。網戸には埃が溜まっている。掃除が行き届いているとは言えない。健康体のまさ子でも、ここにいたら病気になってしまいそうだった。

Ｕ総合病院は、この地域の医療機関では昔から中心的な存在である。年を追うごとに診療科目も増え、診療棟・検査棟・入院棟が、次々と建て増しされていった。ＩＣＵや外来の窓口は最新でも、奥まったところにある入院患者のための売店などは三畳ほどの別建ての小屋で、雨の日は軒からの雨だれがひどく、渡り廊下はビショビショになる。十年ほど前には救急センターも併設され、病院の敷地内はいよいよ複雑怪奇、迷路のようになっていた。

とはいえ、まさ子は建物の古い新しいや、使い勝手に文句があるわけではない。心配なのは、ばい菌だ。

脳外科では、頭蓋骨の一部を一時的に外して脳圧を下げることがある。ドレナージという、頭蓋骨内に挿したチューブを体の外に出して髄液を排出する方法もある。見渡せば、普通なら頭蓋骨という固い殻で外界からしっかりと守られていなければならない大切な脳が、非常に無防備な状態に置かれている患者ばかりだ。

（それなのに、こんな不衛生な場所で大丈夫なのかしら……）

天井から雨漏りのように何かの液が滴り落ちてきた時は、背筋がゾッとして、気がつくとまさ子はベッドを動かして透から「液体」を遠ざけていた。

　こうした病院への不信が決して自分の過度の被害妄想ではないことを、まさ子は兄・金山功の言葉で確信した。

　金沢に住む功は、まさ子からの電話で透の容体を知ると、金沢からやってきた。

「兄さん、遠いところ、来てくれてありがとう」

「何言ってるんだ、当たり前だろ。それに、飛行機なら小松から羽田まで一時間ちょっとだよ。とにかく助かって何よりだ」

　そう言ってリカバリー室に入っていった功だが、ベッドに横たわる甥の姿を見て涙ぐんだ。

「透、頑張れよ。子どもの頃、神童とか天才くんとか言われていたじゃないか。ちょっとくらい脳みそが少なくなっても、傷がついても、それでようやく普通の人間だ。頑張れよ、きっとよくなる」

　手術後まだ意識が戻らない透に向かい、功は微笑みながら根気よく、何度もエールを送った。

　帰り際、リカバリー室から廊下に出ると、功はまさ子を手招きし、小声で言った。

「おい、こんな汚い病室に透を入れておくのか？　意識がなくても透がかわいそうだよ。なあ、どうしてもこの病院じゃなきゃダメなのか？」

「兄さんもそう思う？」

「思うさ。人間扱いしてくれてないよ」

「私も不安なのよ。でも……じゃあどこに行けばいいのか」

「幹雄さんは何て言ってるんだ？　今日は？」

「……あの人は、警察でいろいろ当時の様子を聞いたり、それから、保険のこととか」

「そうだ。入院費も手術費も、加害者に支払ってもらわないと。もちろん慰謝料もな」

「それが……保険に入ってなかったらしくて」

「ええっ？　じゃ、自賠責だけか」

「とにかく、あの人も私も、次から次へといろんなことが降って湧いて、いっぱいいっぱいなの。きちんと考えたり決めたりする余裕がなくて。もう少し容態が安定したら、考えてみる」

「……そうだな。まさ子も看病で大変だろう。寝てるか？　食べてるか？　看病するにしても、ここじゃあんまり……。また来るから。様子を知らせるんだよ。何かあったら連絡しなさい。一人でキナキナ考えちゃダメだ。幹雄さんもいるんだし」

「うん。ありがとう、兄さん」

まさ子は自分の感覚がおかしくなかったと確信し、功の言葉に勇気づけられた。

時を同じくして、院内でＭＲＳＡ感染が広がった。ＭＲＳＡ（メチシリン耐性黄色ブドウ球菌）感染症とは、特効薬としての抗生物質に耐性のある菌が、病人など抵抗力の弱い人に限って感染するものだ。医療施設で蔓延することが多く、場合によっては敗血症など重篤になる危険性もある。

（手術したばかりの透が感染したら、ひとたまりもない）

危機感を持ったまさ子は、思い切ってナースに切り出した。

「ＭＲＳＡが心配です。うちの子、転院させたいんですが」

すると、すぐさまナース長の木村がやってきた。

「ご心配はわかります。でも、今は再手術が控えているので」

「再手術？　どういうことですか？」

「聞いてませんでしたか？」

「何も」

「主治医に来てもらいますから説明を聞いてください」

「待って、待ってください、どういうこと？」

突然のことに、まさ子はどうしていいかわからない。ふと、功の言葉を思い出した。

（一人でキナキナ考えちゃダメだ。幹雄さんもいるんだし）

まさ子はようやく短い言葉を口にした。

「主人に連絡します」

主治医との面談は、翌日の午後と決まった。

＊＊＊

面談室は、外来診療棟にある。ドアを開けると、見慣れない医師が座っていた。小柄で小太り、眉の太い童顔の男性だ。年の頃は四十代くらいだろうか。

「主治医の坂本です」

「え……主治医は松井先生じゃないんですか？」

「あのドクターはたまたまあの日、救急センターで当直だったんです。今後は私が主治医となります」

まさ子はなんとなく、坂本のほうが人として優しげに感じた。

（あの松井先生がずっと主治医でいるよりはいいかもしれない）

一方、幹雄は単刀直入に本題を切り出した。

「それで、再手術というのはどういうことなんですか？」

「息子さんは、お熱が下がりませんね。お薬では治らないようなので、何か根本的な治療を追加する必要があるかもしれません。血腫は取り除かれているようなので、そちらは心配ありませんが、シャントという手法がきちんと機能しているかは確認したいです。今日はご両親揃っていますので、承諾いただければすぐにでも手術をしましょう。手術室はあらかじめ押さえてあります。早いほうがいい。お母様もご心配なさっていたＭＲＳＡについても、必要であれば予防的な処置をしておきたいと思っています」

　まさ子は幹雄の顔をのぞいた。幹雄は軽くうなずき、坂本の方に向き直って「よろしくお願いします」と頭を下げた。

「では」と書類を取り出す坂本に対し、まさ子は思い切って自分の気持ちをぶつけてみた。

「あの、再手術すると、またリカバリー室ですよね。普通の病棟には、いつになったら行けるんでしょうか。その……付き添うにしてもあそこでは……」

「基本、この病院は完全看護ですから、付き添いは不要ですよ」

「でも、あの……」

「完全看護だっておっしゃってるじゃないか」

　幹雄は苛立った様子でそう言い捨てると、坂本から渡された書類に次々とサインをしながら続けた。

「心配なのは俺も同じだ。でも、お前のように二十四時間そばにいて、泊まり込む必要はないんだよ。もっと医療を信じろ！」

（再手術すると、その後はまた、あのリカバリー室に入るんですよね）

まさ子はそう言いたいのをグッと抑えた。眉間にシワを寄せたまま黙っている母親の様子を見て、坂本は言葉をかける。

「確かにリカバリー室は落ち着きませんよね。今日の手術が終わったら、もちろんリカバリー室には行きますが、麻酔が抜けて、ある程度体調が安定したら、入院棟にすぐ移れるようにベッドを準備しておきましょう。六人部屋ならお母さんが寝泊まりするための簡易ベッドも入れられるし。もちろん完全看護ですが、お気持ち的にまだご心配でしょうから」

そう言うが早いか、坂本はナースステーションに電話をして、入院ベッドの空きを確認した。

「大丈夫。ベッドを確保しました」

「ありがとうございます！」

まさ子は何度もお辞儀をしながら涙ぐんだ。

（少なくとも、このドクターは、私の気持ちを汲んでくれる。再手術も、きっとうまくいく！）

＊＊＊

再手術は無事に終わった。

が、そこで発覚したのは、最初の緊急手術の杜撰さだった。坂本は、再び面談室にまさ子夫婦を呼び出した。

「シャントのカテーテルがしっかり腹腔に固定されておらず、髄液がきちんと吸収されにくい状態でした。……といってもわかりませんよね。松井医師からシャント術の説明は受けましたか？」

「はあ、なんとなく。髄液を流すんだとか」

「シャント手術は、たまってしまう脳脊髄液を、体内の他の場所へ逃がして吸収させる手術で、脳脊髄液の排出経路を新たに作る、いわゆるバイパスのようなものです。どこに流すか、バイパスの経路はいくつかあるのですが、城田さんの場合は、脳室からおなかの中へ流す『脳室腹腔シャント』の手術をしました。頭蓋骨に小さな穴をあけて脳室カテーテルを挿入します。このレントゲン写真を見てください。カテーテルがどこにあるかわかりますよね。チューブのようなものです。一方で皮下、つまり皮膚の中にも、バイパスとなるシャントシステムを通すので、通り道にいくつか小さい切開をして、腹腔カテーテルを通します。この図をご覧ください」

坂本はまさ子たちに一枚の紙を渡すと、説明を続けた。

「ここに脳室の圧を調節するバルブがあって、皮下に通したカテーテルと脳室カテーテルを接続した時に、脳脊髄液の流出がスムーズか確かめた後に、最後の仕上げとして腹膜を少しだけ切開して腹腔内に腹腔カテーテルの端を挿入します。わかりました？ 説明早すぎたかな。とにかく、このシステムによって、脳内の髄液は増えずに一定となり、腹腔に流れた髄液は腹膜から吸収されて体内で戻ります」

まさ子は渡された一枚の図と、示された息子の頭蓋骨のレントゲン写真と見比べるが、ちっとも理解できない。

「このシャントによる髄液の循環がうまくいっていませんでした。ですので当面は、髄液を体内に戻し循環させるのではなく、ドレナージという方法で、髄液を体の外に流すようにします」

まさ子には何がなんだかわからなかったが、幹雄は理解できていたようで、すかさず質問をする。

「当面、ということは、しばらくしたら、また手術をするということですか？」

「いえ、もう手術は不要です。カテーテル挿入のための小切開や、その部分へのカテーテル挿入は終わっていますので、髄液の量が安定したら、カテーテル同士をつなげればそれで体内に髄液を戻せます」

「なるほど」

「あなた、わかったの？」

「うん」

「理解していただけて良かったです。あと、ＭＲＳＡ感染がご心配ということなので、傷口などに抗生物質を多めに処方しておきました。息子さんは、これまであまりご病気やお怪我をされたことがないようなので、薬も効くと思います」

「ありがとうございます！」

まさ子が笑顔になったのを見計らい、坂本がゆっくりと切り出した。

「では、このまま当病院で治療を続けてよろしいですね。申し送りによりますと、転院を希望されていたとか」

「まさ子、お前、そんなこと言ったのか！」

「だって！　ＭＲＳＡが！」

「ご心配ですよね、わかります。それで、いかがでしょう？」

「坂本先生がずっと主治医でいてくださるなら、どうかこのままよろしくお願いいたします」

「僕でよろしいでしょうか」

「はい」

「ありがとうございます。では、明日一日様子を見て、安定していれば入院棟にお移りいただきます」

まさ子と幹雄は深々と頭を下げながら、面談室から退出した。

二人と入れ替わるように、ナース長が入ってくる。

「どうでした？」

「納得しました。旦那のほうがやっぱり説得しやすいですね。理論でいけるから」

「それで、医療ミスとかそういう話は？」

「なし」

「カテーテルの抜き忘れも、ＭＲＳＡのことも？」

「セーフ。場合によっては一回くらい謝るのは覚悟してましたけど、それもなしで」

「じゃあ転院の話も……」

「僕が主治医なら、ここでいい、ということです」

「さすが坂本先生ですね」

ナース長が持ち上げると、坂本は肩をすくめた。

「そんな大したことじゃないですよ。当世流行りの『インフォームド・コンセント』です。わかりやすく説明して、あとは不安なことを聞いてあげる。傾聴ね。聞いてくれたっていうだけで、患者や家族はかなり安心するんだから」

坂本は、最近U総合病院に移ってきたばかりだ。腕のいいのを見込まれてリクルートされたが、彼は技術だけではなく、医師と患者の関係においても、新しい診療のあり方を持ち込もうとしていた。その坂本から見ると、この病院の医者の多くは、「医者が一番偉く、患者は『治していただく』医者をありがたく奉るのが当然」といった旧態依然の考えを持っているように感じられてならない。

（あと十年かそこら経てば二十一世紀だというのに……）

最近は医療ミスに対する風当たりも強い。丁寧に説明をしておけば、それだけで訴訟など起こされずに済むものもたくさんあるのに、と、坂本は思うのだった。

「それにしても、松井ドクターはいつもやらかしてくれる。手術もいい加減だが、口の方もちょっと気を付けてもらわないと。あ、そうそう、リカバリー室、清掃をもう一度入れたほうがいいですよ」

「知りませんよ、事務長は私からだといろいろ文句言うから。直接頼んでください」

「はいはい、わかりました。ナース長にはかないません」

ナース長が出ていくと、坂本は城田透のカルテに大きくチェックの印をつけ、やれやれ、というようにほっと一息ついてペンを置いた。

第二章　未来

再手術を終えて二日目、透は予定通り六人部屋に移った。そこは大きい窓のある、明るく広い部屋であった。

まさ子はようやく、落ち着いて看病ができると胸を撫で下ろした。

（これが普通よ。あのリカバリー室が異常だった）

リカバリー室では、生死の境を彷徨っている人が多かったためか、そこに漂っていたのは、「命さえ助かれば」という最低限の希望が支配する絶望的な空気であり、その命を預けている病院には、何も文句が言えなかった。ドクターが処置するとき以外、個別カーテンは開け放し。だから他の患者たちの様子が嫌でも目に入る。それも全員裸だ。ベッドとベッドの距離も近かった。全てが「医療者」目線であり、患者の「意思」や「心地よさ」は無視されていた。

この六人部屋では、患者側の都合でカーテンを引くことができる。患者の「意思」が尊重される。それがどれほどありがたいことか。個別のカーテンが、物理的にも心理的にもまさ子にプライベートな空間を与えてくれた。無論、音は筒抜けだ。それでも八床と六床ではベッドとベッドの距離にも雲泥の差がある。特に透のベッドは部屋に入ってすぐ右の壁側であり、一方が壁であるため、隣り合う患者が一人だけというのがありがたかった。窓際のベッドが享受できるような明るさはなかったが、まさ子はそれを不満に思うことはなかった。狭いとはいえ夜間横になる付き添い人用の簡易ベッドを置くだけのスペースもある。原則は「完全看護」の病棟であるが、意識が戻るまで、という条件で昼夜の付き添いが許可されたのだ。

(目が醒めるまで。目を醒ますその時まで、私はここを離れない！)

まさ子は透の手を握った。

＊　＊　＊

「おばさん」

透の手を握ったまま眠ってしまったまさ子に声をかけたのは、透の幼なじみの荒井健二だった。六人部屋に移ってから、最初の土曜日だった。

「健ちゃん、来てくれたの？」

「おじさんから聞いた。大変なことに巻き込まれちゃったね」

健二は、眠り続ける透の顔を覗き込み、笑って話しかける。

「おい、透！　寝てんじゃねーよ。早く起きて、一緒にチャリ飛ばそうぜ」

まさ子は丸椅子を勧める。健二は軽く会釈して座った。

「この前、バッタリ会ったばっかりだったんスよ。五月くらいかな。浪人生活満喫ー、とか言ってて。オレ、高校卒業してから親父の会社手伝い始めたでしょ？　その頃、目が回るほど忙しかったから、うらやましいなって言ったんだけどね……」

健二は、透と小中学校の同級生で、いつも一緒に遊んでいた。小さな建設会社を経営する父親は豪放磊落《らいらく》で、「うちで遊んでいけ」「うちでメシ食っていけ」と透を親戚の子のようにして可愛がってくれたものだ。

「透はオレと違って天才君だったから、いい高校行った時点でもう縁が切れるかと思ったのに、全然前と変わらずにオレとつるんで。高一の夏休み、川までチャリで行って川遊びして……。あ、これ、おばさんには内緒って言ってたかな。心配するからって」

健二はわざと明るく振る舞う。まさ子はその優しさに感謝し微笑んだ。久しぶりに、口角の筋肉を上にあげたので、その笑みはこわばってしまったかもしれない。泣いてはいけないと思いつつ、涙が滲むのを止めることはできなかった。

「大丈夫だよ、おばさん。透は絶対目を醒ますよ」

健二はまさ子の方に向き直って立ち上がり、励ました。彼の白いシャツが目の前にある。壁のようだ。いたずらっ子の小学生は、百八十センチはあろうかという逞しい成人になっていた。

「ありがとう、健ちゃん」

健二は「また来ます」と言って帰っていった。健二の肉体には、明るい未来が見える。それが眩しい。うらやましい。恨めしくさえ思うまさ子であった。

翌日曜日、高校時代の同級生の水口浩史が、制服姿の女性とともに見舞いにやってきた。

「美術部で〜水口です。彼女は一つ後輩で、やはり美術部の……」

「山崎奈穂子です」

肩まで黒髪を伸ばしたその少女は、小声で挨拶すると深くお辞儀をした。

二人が持ってきた花を花瓶に活けて病室に戻ると、二人は透のベッドの前で茫然と立ち尽くしている。まさ子は、敢えて明るく声をかけた。

「お花、ありがとう」

振り向きざまに見えた奈穂子の顔には涙が光っていた。

「よく来てくださったわ。透も喜んでいると思います。二人とも、お顔はなんとなく。夏の写生合宿のだったか、透に写真を見せてもらったことがあるの。たしか、水口さんは、現役で大学に合格されたのよね」

「僕は、最初から美大を諦めていたんで、普通の大学受験をして普通に合格したんです。透は才能があったから美大を目指して。美大受験で浪人は普通ですよ。でも、法学部に入って弁護士になりたいっていう夢もあって……」

「え？　そうなの？」

初耳だった。

奈穂子が語り出した。

「透先輩は、すごく優しい人で。絵を描いてるだけでいいんだろうか。何か、人のためになることをしなくていいんだろうかって……」

「こいつ、何でもできちゃうから、迷うんだよね。何でも、どんな道に行っても、絶対大成するヤツだったのに……」

思わず言葉に詰まる水口。それは、まさ子の思いでもあった。

「本当に。でも、私、諦めてません。絶対に透は目を醒まします。そして、絶対によくなります。だから、これからも、友達でいてね」

まさ子がそう言うと、二人は力強くうなずいた。

二人をエレベーターまで見送って帰ってきたまさ子は、透に語りかけた。

「みんな、あなたのことが好きなのね。いいお友達」

まさ子は透の手を静かに撫で続ける。

「……でも、弁護士になりたいなんて、そんなこと初めて聞いたわ。高校になっても健ちゃんと川遊びに出かけたのも、全然知らなかった。お母さんの知らない透がたくさんいるのね。目醒めたら、いろいろ話をしてね。お母さん、全部ちゃんと聞くからね」

（透を元の体に戻す。透の未来を取り戻す。そのために、全てを捧げて看病する！）

まさ子は覚悟を新たにした。

ふと、透の唇が動いたような気がした。

「透？」

まさ子は手を撫でるのを止め、その手を握りながら透の顔を凝視する。

「透？　起きた？　起きたの？」

やはり唇が動いている。そして、手にとっていた透の中指が、ピクンと痙攣した。

「透！」

まぶたが、まつ毛が、微かに揺らいだ。そして遂に、透は目を開けた。

＊＊＊

それから一週間。まさ子は久しぶりに家に戻った。透が意識を取り戻し、脳圧も安定。命の危険は遠のいた。まさ子は病院に促され、夫幹雄にも言われて病院での寝泊りを終えることにしたのである。

まさ子の住むU市は、東京のベッドタウンの一つだ。江戸五街道に沿った宿場として昔から栄えた土地ではあったが、戦後は東京の爆発的な人口流入により、「首都圏」へと組み込まれていく。田畑は宅地化され、大規模な団地群も出現。東京郊外にはよくある構図が、ここでも展開されていた。

そのU市に、まさ子は一九七〇年、五年の社宅住まいを経て引っ越してきた。夫の通勤は片道三十分から二時間に膨れ上がった。が、まさ子にとっては天国である。金沢で育ったまさ子は、家といえば当然一戸建てだと思い込んでいた。結婚と同時に東京に越してきて、最初の住まいとなったモルタル二階建て、２Ｋ風呂なしの社宅は隣との距離が近すぎて、心の落ち着かない場所だったのだ。

だから幸運にも抽選に当たり、U市の宅地購入権を手に入れた時は、本当にうれしかった。庭付きの二階建ては5ＬＤＫ。夫婦共に詳しくない土地柄だったが、来てみると、そこはＵ市でも最新の、高級住宅地であった。幹雄は自慢げに大きな表札を掲げた。

翌年、透が生まれる。金沢から母のタキが手伝いに来たが、それも泊められる部屋があればこそ。風呂には洗い場も脱衣所もあり、子どもが泣いても近所に遠慮してビクビクしなくていい。まさ子は自分の幸せに感謝した。透は、まさ子の幸せの象徴であった。

その透がようやく二十歳を迎えようというのに、この家に未来は見えない。再手術を経て、透は意識こそ回復したものの、楽観視はできなかった。まだ表情は乏しく、意思の疎通はままならない。気道確保のために気管切開をしているため、声も出せない。昨日と同じ今日。今日と同じ明日。前進したという実感のない日々。鬱々とした気分になりがちなまさ子だったが、それでも一つの山を越えたのだ、と自分に言い聞かせ、自らを奮い立たせていた。

何日も帰らないでいた家の中は、事故の夜から時間が止まっていたかのようだ。幹雄は家事をやらないので、食事は外でとり、家には寝に帰るだけになっていた。ダイニングテーブルの上は、郵便と新聞の山だ。

まさ子は家中の窓を開け放ち、いつから溜まっているのか台所のシンクに置きっぱなしになっていくつかのグラスやカップを洗い終え、掃除、洗濯に取り掛かった。まずはダイニングテーブルの上の郵便物の整理だ。溜まった新聞やチラシに挟まって、一枚の葉書が来ていることに気づく。それは転居通知であった。

「倉嶋……順子。順子？　あの順ちゃん？　え？　T市って、目と鼻の先じゃない！」

倉嶋順子、旧姓横田順子は、学生時代、旅の途中で知り合ったことをきっかけに、大親友になった女性だった。夏休み、越中八尾のおわら風の盆を堪能しようと一人旅を計画して出かけたところ、行きの電車で同じように一人旅をしている順子と出会い、同い年ということもあって意気投合したのだ。風の盆のクライマックスは深夜の町流し。これを堪能できたのも一人旅の緊張から解放されたからに他ならない。風の盆のゆったりした踊り手のシルエットと、胡弓の長く響く音色が蘇ってくる。そして、弾けるような笑顔で順子と旅した自分の思いも。

（もし一人だったら、怖くて一晩中外で夜明かしなんてできなかった）

偶然がもたらした、青春の冒険の日々を、一枚の葉書が運んできた。が、その感慨もすぐに消える。

（もう私には、自分のための時間は一生訪れないかもしれない）

出口の見えない未来に、漠然とした恐怖を覚えるまさ子であった。

＊＊＊

透の容体は安定したが、逆にこれ以上はよくならないのではないかという不安が、まさ子の脳裏をよぎるようになった。それは幹雄も同じだ。

「いろいろ調べてみたが、脳挫傷の中でも延髄損傷が伴う場合は、一生寝たきりになることも珍しくないらしい。覚悟しておいた方がいいかもしれない」と肩を落とす。

幹雄は警察に事故の事情を聴くとともに、加害者となったバイクの運転手に補償を求めていた。そこで判明したのが、自賠責保険のほかに賠償に充てられるものは何もないという事実だった。まだ十代の加害者は保険にも入っておらず、家族も裕福ではなく、買ったばかりのバイクのローンも残っている。透が重い障害を背負うことが確定的な中、幹雄は裁判をしてでも加害者の責任を追及しようと躍起になっていたが、まさ子は内心、思うような結果は得られないのではないかとすでに絶望的な気持ちであった。

そんな中、一つの変化が起きる。主治医の坂本がリハビリ開始を指示し、病室に理学療法士が数日おきに訪れるようになったのだ。

「ＰＴの奥井です。まずは全身のマッサージから始めて、筋肉を解《ほぐ》していきます。あ、ＰＴって、フィジカル・セラピストの略です。日本語では理学療法士っていって、国家資格が必要な職業なんですよ。患者さんのことは何て呼べばいいですかね。透さんでいいですか？　それとも城田さんの方がいい？」

奥井は細身で若々しく、透とそれほど変わらない年格好に見えたが、聞けば今年で三十歳だという。

「透さん、今日はご気分いかがですか？」

少し高めの、爽やかな声が病室に響く。それだけで、空気が変わった。

「指先からマッサージしますが、その前に、ホットパックしていきましょうね。気持ちいいですよー」

温かく蒸したタオルで肘から先を包み、手のひらで優しく押していく奥井。

「熱すぎませんか？　気持ちいい？」

奥井は透の目を見て、反応を確かめながら一つひとつの作業を進めていく。一回三十分あるかないかの工程だが、奥井がマッサージをした後は、透の顔から緊張がとれ、柔和になるのがわかった。

世間話もする。

「透さん、高校野球興味ありますか？　僕の母校、予選勝ち上がって甲子園行けるかもしれないんですよ。もし決まったら、休みとって甲子園に行くけど、恨まないでね！」

　患者と医療者ではなく、友達のように接してくれるその様子を見ながら、まさ子はなるほど「PT」の「T」は、トレーナー（trainer）ではなく、セラピスト（therapist）の「T」なのだなと思い至るのだった。

「お母さん、もう少ししたら、ベッドの上じゃなくて、リハビリの訓練室に行って、そこでマッサージしましょう。ホットパックも全身一ぺんにできるし。体のストレッチも、もっと大きく動かせるし。僕、上司に言って、話を通しておきますので。透さんも、気分転換になるでしょう。ずっとベッドの上じゃ飽きちゃいますよね」

　奥井がそう言ってから二週間も経たないうちに、透はストレッチャーで訓練室に移動するようになった。数時間をそこで過ごすのが日課だ。まさ子は最初、「訓練室」という響きに、どこか不安を感じていた。外から強制的な力で無理に動かされるのではないか。知らないからこその、漠とした不安だ。それで透についていき、見学をさせてもらうことにした。

　ストレッチャーは入院棟から出て外来棟へと移動する。そして大きなエレベーターで地下の訓練室にたどり着いた。奥井はその間も、

「エレベーターに乗りますよ」「ガタンと揺れますけど、心配しないでね」と、透に話しかけ、不安がらせない。時には「外来棟を通りますよー。シャバとの境界線ですからね、シャ

バの空気たくさん吸ってね」などと冗談めかして言うこともあった。

リハビリ訓練室は地下二階だ。大きなスライド式の扉を開けると、だだっ広い空間には森の木のように大きな柱が何本も林立しており、あちらではマットの上でマッサージ、こちらでは平行棒のようなところで歩行訓練、向こうでは脚に重りをつけての筋力トレーニングと、たくさんの患者が様々なリハビリに勤しんでいる。

まさ子が最初にびっくりしたのは、皆笑顔で取り組んでいることだった。笑い声があちこちから聞こえる。風船を使った遊びのようなものに興じているグループはまだしも、元は柔道の選手だったのか、大柄のPTがマットにうつ伏せになった患者にのしかかるような姿勢で「もっと、もっと、もっと曲げて！」と叫んでいる顔も笑顔だ。曲がらない膝関節を、トントンと叩きながらその目は優しく笑っている。その下で、一見無理に曲げさせられている患者も、「できない〜、先生無理！　できないよ〜！」と言いながら、顔は笑っているのだ。

患者と医療者の間には、信頼があった。愛が見えた。まさ子は、ほっとした。

「PTさんっていろいろなことをやるんですね」

まさ子がそう言うと、奥井はうなずく。

「リハビリも、透さんのような脳神経障害の方、骨折など整形外科系の方、リウマチのような免疫系の病気まで、いろいろです。PTって、僕はもっと知られていい職業だと思ってます」

奥井は独り言のようにそう呟くと、「まずはうちのボスにあってください」とストレッチャーから離れ、一人の白衣の男性の方に歩いていき、二人でまさ子のもとに戻ってきた。メガネをかけたその大柄な中年男性は、肩幅が広く胸にも厚みがあったが、少し右足を引きずっているように見えた。

「城田透くんとお母様ですね。はじめまして、チーフの広澤です」

「よろしくお願いいたします」

広澤は、まさ子への挨拶が済むと、すぐにストレッチャーの上の透に話しかけた。

「城田さん、よく頑張りましたね。あなたの病状でここまで来られる方は、本当に一握りです。よく頑張りました。でも、焦ってはいけない。焦らずに少しずつ、時間をかけて一つ一つ、機能を回復していきましょう。うんうん、大丈夫。絶対によくなるから」

広澤はまさ子にも声をかけた。

「お母さんも大変でしたね。お母さんもよく頑張った。これからはみんなで一緒に力を合わせましょう。いつかお家で生活できるように」

気がつくと、まさ子は泣いていた。

「お母さん、何かご心配なことがありますか？」

両の目から、とめどなく涙が流れた。それは、悲しい涙ではない。

「……透は、家に帰れるんですか？」

広澤は静かにうなずいた。

「きっと帰れます。大丈夫。でも、お母さんも焦らない。少しずつ。大丈夫ですから」

この訓練室は、まさ子にとっても心のリハビリの場所となった。

「透、聞いた？　頑張ろう。お家に帰ろうね」

透の目に、「意志」が見えた。入院以来、見たことのない光だった。

＊＊＊

「今日はここまで頑張りましょう」

「あと五回、頑張ろう」

「明日はこれをやりますからね」

訓練室での、日々の小さな目標が、透を「入院患者」から「生活者」へと変えていた。訓練室で自分ができる最高点まで挑戦し、体を使って病室に帰ってくると、心地よい疲労があるようで、生活にメリハリができた。訓練室はいつも笑いに満ち、言葉が喋れなくても体が動かなくても反応がなくても、ＰＴたちは必ず話しかけ、笑いかけてくれる。

半年も経つと、透は支えられながらも座位を維持できるようになった。すると、透は俄然意欲的になった。ベッドに寝ている間は全てが横向きにしか見えていなかったものが縦に変わったことで、「日常」の感覚を一つ取り戻したのかもしれない。

病室でも、テレビをしっかりと見るようになった。体を動かすのでお腹が空くのか、チョコや苺を持っていくと一口で食べる。透の体に、生きる喜びを求める気持ちが戻ってきたのだ。

どんどん良くなる、という希望が見え、まさ子も病院通いが楽しくなってきた。

「奥井さん、透、本当にいろいろできるようになりました。ありがとうございます！　立つ練習は、いつからやるんですか？」

うれしさのあまり、まさ子がそう口にすると、奥井の顔から笑顔が消えた。

「お母さん。あまり期待しすぎないでください」

「え？」

「透さんは、本当に頑張っています。でも、リハビリとは、生活の質を少しでも上げていくための機能回復訓練です。今ある力、潜在的なものを含め、それを引き出すことはできますが、一〇〇％、事故の前の体に戻す、というものではないんです」

まさ子は冷水を浴びせられたように感じた。

「厳しいことを言うようですが、期待が大きすぎると、失望や焦りを生み出す。僕はそれは本人にとってもマイナスだと思うんです。まだ自呼吸の訓練も始まっていません。透さんが楽しく毎日を過ごし、その毎日が一歩ずつ前進するような毎日であること、それがとても大切だと思うんです。生意気なこと言ってすみません」

奥井は頭を下げた。

「いいえ、奥井さんの言う通りだわ。私、最近あまりにいろいろ順調なので、浮かれてしまっていたの。そうね。透を焦らせてしまうようなことは、言わないようにします。皆さんを信じていますので、どうぞよろしくお願いします」

今度は、まさ子が頭を下げる番だった。

第三章　噂

事故からやがて一年になる、一九九一年夏。透は装具をつけて立位を保持するところまできた。

「もう少ししっかり立てるようになったら、歩く訓練もできるよ。もう少しだよ」

広澤はそう言って透を励ますが、その「しっかり立つ」が難しい。両足に着けた装具はそれぞれ足首と膝と腿をつなげる支柱が両側にあって膝と足の動きをコントロールし、立位時の姿勢の安定を助けていたが、ちょっとでもふらつけば、転倒し頭を打ってしまう危険性がある。広澤は透の正面に立ち、ウエストに着けたベルトを左手でガッチリ摑んで、どんなことがあっても透を転倒させないようにしていた。万が一膝をついても膝蓋骨を損傷しないよう、膝には大きめのパッドをつけてガードする。広澤だけの力ではよろめくときもあるので、奥井は側面から常に注意して見守り、慎重の上にも慎重を期していた。

「透先輩、ファイト！」

透が訓練をしているのを見つけては、必ず声をかける者がいる。高校生の吉田達也だ。体操部の試合で鉄棒から落ち、頭と肩を強く打ち、脳挫傷と肩関節の脱臼で入院した。脳挫傷は透ほどの重症ではなく、順調に回復していた。退院の目処も立っていることから、リハビリ訓練室でもひときわ明るく、人懐っこい性格もあって他の患者たちからも慕われ、アイドル的な存在になっている。その達也が、透に一目置いていたのだ。

　まさ子は一度、不思議に思ってそのわけを尋ねてみたことがある。

「透先輩、すごいなーって思って。何度失敗しても、立とうとしてるじゃないですか。感動しちゃった。俺、体操部じゃ結構期待の星だったんですよ。他の奴らが一回でマスターできないことがパッとできるし、新しい技も、ちょっと練習すれば成功する。そういうの、当たり前だと思ってた。できない奴らをバカにしてた。……なのに頭打って肩外してここに来て、腕上げるとか、指動かすとか、当たり前にできたことが全然できないじゃないスか。最初はもう、ショックでショックで。でも透さんを見ていたら、なんか、すごいなーって。できなくてもやる、できるまでやる。これって、すぐできることよりすごいって思い知らされて。負けられないっス。……俺、なんでも一番じゃないと気が済まないんで。この訓練室じゃ、透さんがライバルです」

　透を見かけると、「先輩！　チワーっす」といつも笑って挨拶する達也は、風船を使ったリハビリにも参加した。自分にとっては少し軽めの訓練とわかっていても、「肩にいいから」と透に合わせてやってくれる。

透も達也といると、優しい顔になった。口を開けて大きく笑うこともあった。自分を「先輩」として敬ってくれる人がいることが、透にどれだけの自信を与えてくれているか。まさ子はありがたかった。

とはいえ、長く立位を保てない状態からなかなか抜け出せないことに、透自身も焦りを感じ始めていた。最近は気に入らないことがあると、たまにヒステリーを起こし、まさ子に八つ当たりすることもある。本人にまさ子を傷つける意思はさらさらないが、「要らない」「イヤだ」を示すために振り払った透の腕は、時にまさ子の顔を直撃した。リハビリで順調に筋力をつけていることもあり存外に逞しく、二十歳の青年の力の前で、まさ子は無力だ。制することもできず、優しく包み込んでやることもできない。自分の息子、それも病気の息子に対し、一瞬でも「こわい」と思う自分が情けなかった。

(小さい子どもとは違う。全くの寝たきりとも違う。自分の体を自分の意思で動かせない大人の肉体を持つ透を、私はどうやって世話していけばいいんだろう……)

そのことを奥井に相談してみた。

「透さんからすれば、無理もないですよね。喋ることができない。ここにカニューレつけたままですからね」

奥井は自分の喉を触った。透は入院以来、気管切開をして管(カニューレ)を挿入、気道を確保していた。そのため呼気が声帯を通らず、声が出ないのだ。

「頭で考えていることを言葉で伝えられないのは、すごくもどかしいんだと思います。でもそれは、裏を返せば回復して、自分の欲求を持てるようになったってことですよ。すごいじゃないですか」

「喋れなくても、私が息子の気持ちを察してあげられればいいんだけど……」

「お母さんはすごく頑張っていらっしゃいますよ。ご自分だってストレス溜まっているだろうに、透さんのフラストレーションに気づけるだけでもすごいなって僕は思います」

「お腹もすくらしくて。リハビリ頑張るでしょ？　今の食事量じゃ物足りないんじゃないかしら。量もそうだけど、口から食べたいみたい。口を通らないと、味覚が刺激されないからかしら。イチゴとかアイスとか、時々食べさせるんですけどね」

「お母さん、口から食べさせるのは、医師の許可をとってからにしてください。誤嚥《ごえん》は本当に怖いですから」

「はい……」

「自呼吸の訓練、まだ始められないのかな。ドクターは何かおっしゃっていませんか？　スピーチカニューレっていうのがあって……」

「奥井！」

怒号が飛んだ。振り返ると、訓練を終えた透の装具を外し、車椅子に乗せていた広澤が、こちらを睨んでいる。

「専門外のことを不用意に喋るんじゃない！」

今まで聞いたことがないくらい、語気を荒げた言い方だった。

「すみません」

奥井が頭を下げると、広澤はいつもの温厚さと微笑みを取り戻し、透を乗せた車椅子を押してやってきた。

「お母さん、いろいろご心配かもしれませんが、順調です。少しずつ前進していますから大丈夫。焦らないでくださいね。くれぐれも、ドクターの指示はしっかり守ってください」

「わかりました」

車椅子に座った透は、その様子をじっと見つめていた。

＊＊＊

主治医の坂本から久しぶりの呼び出しがあったのは、それから数日後のことである。

（自呼吸の訓練を始めるのかしら？　広澤さん、ああは言っていたけど、ドクターに話をし

てくれたのかな)

まさ子は淡い期待を抱いて相談室に入っていった。だが坂本が切り出したのは、全く別の話題だった。

「城田さん、二人部屋に移りませんか?」

「はい?」

なぜ今のままではいけないのだろう。まさ子は今の部屋に満足していた。清潔で明るく、差額ベッド代も不要な六人部屋。一年いるうちに透は「古株」になって、最近は、患者の入れ替わりの際に窓際のベッドに変えてもらうこともできた。最近は、リハビリ仲間の達也が遊びに来ることもある。

「いかがでしょう?」

「すみません、急なことで考えがまとまらなくて。今のままではいけないんでしょうか」

「それが……」

坂本が言い淀んでいると、同席していた女性が説明を始めた。

「事務員の本間と申します。実は、現在六人部屋がどこも満杯なんです。これだと新しい患者さんを受け入れられません。城田さんだって担ぎ込まれた時、個室しかなかったら困ったでしょう? とにかく救急の患者のベッド数はある程度確保したいんです。それに、ねえ先生？」


本間に促され、坂本は付け加えた。

「透くんの容態は、今固定しつつあると言ってよいでしょう」

「どういう意味ですか？」

まさ子が〈固定〉という言葉に気色ばむ。坂本は慌てて言い換えた。

「安定している、という意味です」

「安定していると、二人部屋なんですか」

「と申しますか……」

脳外科医の坂本からすれば、すでに透への外科的治療は終わっている。これ以上、外科的な治療で透の症状を劇的に改善することは考えられない。だから病院の事務方から六人部屋の回転を考えてベッドを空けろと言われれば、確かに一理あると思うのだった。

（しかし「固定」という言葉を使ってしまったのは失敗だったな。家族には酷だった。だが「安定」でも納得してもらえないとなると……）

坂本は、さらに言い方を変えた。

「ここからは治療というより、リハビリをして自宅療養を目指す、という……」

「自宅療養？　退院……できるんですか？」

まさ子の目が輝く。

（期待させすぎたかな）

坂本は、少しトーンを落とした。

「まあ、今すぐに、というわけではありません。が、それを視野に入れて、という段階に入ったとお考えください」

「でも、まだ呼吸が。カニューレっていうんですか？　あれがあると、喋れないし。あのまま家に帰っても、私、どうしたらいいか」

「そうですね。以前もお話ししたかと思いますが、透さんが損傷した延髄というところは、脳の中でも生命維持に関わる重要な部位なんです。ですから、自呼吸を取り戻すのは、ある意味一番重要かつ難題と言わざるを得ません。……とはいえ、状況も〈安定〉していますので、そろそろ自呼吸の訓練も始めましょうか。まず、スピーチカニューレという、声を出せるものに切り替えて、少しずつ様子をみながら練習していきます」

「わかりました！　ありがとうございます！」

本間がすかさず言質《げんち》を取る。

「じゃあ、二人部屋にお移りになる、ということで」

「え……？」

まさ子は不意を突かれた。彼女の頭には、もはや「退院」「自宅療養」しか残っていなかったのだ。

「……そうでした、その話でしたね。あの、二人部屋って差額ベッド代が必要なんですよね？」

「一日五千円です。……経済的にお苦しいですか？」

「はあ。加害者が保険に入っていなくて」

「八人部屋なら空いています。そちらに移られますか？」

本間が提案すると、坂本が難色を示した。

「あそこは……脳外科の入院病棟じゃないでしょう」

すると本間はキッパリと反論した。

「経済的に苦しい方には、どの科の患者さんでも使えるようになっているだけで、脳外科の患者さんもたくさんいらっしゃいますよ」

坂本は、そのまま黙ってしまった。

八人部屋、と聞いて、まさ子の脳裏には最初に入ったリカバリー室が目に浮かぶ。

（きっと古い病棟なんだ。またあんな思いをするのはイヤ！　あそこは絶対にイヤ！）

「わかりました。透の医療保険の方から少しは給付金が出るので、二人部屋に移ります」

坂本はほっとしたような顔をした。本間は一枚の紙を取り出して言った。

「では城田さん、この用紙にサインをして後でナースステーションにお持ちください。お部屋は今日中に移動しますので、荷物などの整理をよろしくお願いします。二人部屋はいいですよ。空間が広い。透くんも喜ぶと思います」

万事うまくいった、というように、本間は笑顔だ。

まさ子は坂本に向かって念を押した。

「退院も見えてきたんですよね？」

坂本は、大きくうなずいた。が、言葉は発しなかった。

まさ子自身、透の今の状態で、すぐに退院できるとは思っていなかった。それでも「退院が視野に入った」という言葉がうれしく、それにすがりたくて、信じようと思った。


まさ子は幹雄に電話を入れ、二人部屋に移ると決めたことを話した。

「なんですぐに返事をしたんだ？　どうして一人で決めた？」

幹雄の声は不機嫌そうだ。

「だって……二人部屋か八人部屋かって言われて。私、もうあのリカバリー室みたいなところに透を入れたくないの！」

そう言うと、幹雄は一瞬黙った。幹雄にとっても「あの」リカバリー室は我慢のならない環境なのだろう。

「わかった。一日五千円だな？　金の方はなんとかする」

電話を終え、病室の前の廊下にまで戻ってきたまさ子は、一台のストレッチャーが出てくるのとすれ違った。同部屋の高橋充だ。

病室に入ると、充のベッドのシーツが外され、清掃が入っている。

「充くんも移動？　じゃ、一緒に二人部屋かしら」

高橋充は半年ほど前に同室に入院してきた。充も透と同じく脳挫傷だが、透のように意識がすぐには回復せず、しばらくは人事不省の状態が続いた。意識が戻ったのは、三ヶ月も経ってからだろうか。それからも寝たきりで、リハビリも、病床でのマッサージを行う程度だった。母親は面会時間終了ギリギリに来ることが多く、いつも疲れた顔をして、ナースたちにも、まさ子ら同部屋の患者家族にも、「すみません、すみません」と謝ってばかりいた。

（もし充くんと同部屋になったら……）

あの母親が入ってくるなり「すみません、すみません」と謝る姿が頭に浮かんだ。

（できれば違う人がいいな……）

選り好みできる立場ではない。が、本心を言えば、気疲れしそうな相手である。ただでさえ透の世話で精一杯なのに。まさ子はちょっとでも煩わしいことから逃れたかった。

透が訓練室でリハビリをしている間を利用してベッド周りを片付け、同じ棟の二人部屋に荷物を持っていく。新しい病室に入ると、もう一方のベッドにはカーテンが引かれていた。

「今日からよろしくお願いいたします。城田と申します」

まさ子が誰にともなく声をかけると、カーテンがシャッと開いた。

「あら、透くんのママ？」

出てきたのは、吉田達也の母・友美である。

「うちも今日からここなの！　良かったわー。透くんママなら気兼ねないし。カーテン開けちゃうわね！」

友美は、まだ三十代。たまに訓練室で達也に付き添っているところに出くわす。髪の毛を金髪に染め、化粧も濃い友美は、訓練室では目立つ存在だった。よく笑い、PTたちに気軽に声をかけ、自分は十八歳の時に達也を産んだ「デキ婚」だの、今はバツイチだのと皆の前で話してしまうような、あっけらかんとした性格は、あけすけだが毒がなく憎めない。悪い人ではないが、ずけずけした物の言い方に、まさ子は時々ついていけないことがあった。

「ねえねえ、アイス食べません？　さっき買ってきたの。達也の分だけど、また買ってくるから。息子二人は訓練中。私たち、ちょっと羽伸ばしましょうよ。二人部屋、冷蔵庫が部屋にあるから楽よねー」

　友美はいきなりお喋り全開だ。まさ子は、もし充と同部屋だったらどうだったかと想像した。あの母親とは、きっと一緒にアイスを食べることなどないだろう。二人部屋は、相手がどんな人かで全然雰囲気が違ってくることを痛感した。

　アイスの蓋を開けながら、友美はまさ子に尋ねた。

「ねえ、透くんママ、ここに移る前に聞かれた？　二人部屋か、八人部屋かって」

「ええ。私は最初に入れられた八人部屋にいいイメージがなかったから、金銭的にはかなり大変だけど、二人部屋にしたの」

「正解！　正解よ、その考え。あの老人病棟は、この病院で一番古い建物なんですって」

「老人病棟？……透は老人じゃないけど。年寄りばかりがいるってこと？」

　すると、友美は顔を曇らせた。

「……透くんママは知らないんだ……」

　そして、まさ子に顔を寄せて声をひそめた。

「あそこはかなりヤバそうなの」

「ヤバいって？」

「噂なんだけど。あの〈老人病棟〉に行った人は、二度と帰ってこれない、普通でない死に方をするって」

「え？」

けげんそうなまさ子の顔を見て、友美は少し冗談めかした。

「ただの噂よ。ランドリー室で聞いたの。あそこ、お掃除のおばちゃんとかもいて、いろいろ噂話するから。まあ、マユツバだよね。……でも、聞いちゃうと、気になるじゃない。縁起の悪い話だし。だから私、二人部屋どうですか、そうでなければ八人部屋って言われた時は、すぐに承諾したんだ」

まさ子は、とんでもない噂だと憤慨した。人の生き死にを、こんな形でお喋りの道具にするなんて！　だいたい、一生懸命やってくれている病院の方々に失礼だ。人の尻馬に乗って、無責任に噂を広げる友美にも、腹が立った。

「でも……ここは病院なんだし、お年寄りが多いところなら、亡くなる確率が高くなっても仕方がないんじゃない？　きっとそういうことなんじゃ……」

まさ子の生真面目さを察し、友美はさらにトーンを変え、笑ってごまかした。

「そうだね。噂というより、都市伝説？　ごめんね、変な話をして。あたしバカだから、すぐにいろいろ信じちゃって。忘れて！」

友美は食べ終わったアイスのカップをゴミ箱に捨てた。

「さあ、そろそろ達也が帰ってくるかな？　ところで、透くんママは、アレ、してる？」

「アレって？」

「ほら、つ・け・と・ど・け」

「それはやっちゃいけないってナースステーションに」

「あれは建前よ。やっといた方がいいわよ」

「そうなの？」

「常識よ。そりゃあ最初は、いただけませんって断るけど、三回くらい押し問答すると、じゃあって受け取るから。やってごらんなさいな。そういうことが、日々の看護の質につながるから。……まあ、透くんママはずっと付き添ってるから、ナースたちも邪険にできないのかもしれないけど、あたしは仕事でなかなか来られないし。何かあったらすぐに連絡もらうようにお願いしてるの。そして、今日みたいに部屋を移るのなんのという時は、無理してでも足を運ぶ。もちろん、そのたびに担当のナースさんには、必ずアレをする。高いものじゃないけどね。人間、やっぱりモノをもらった人には親切にしたいじゃない。私は絶対に達也を守りたいから」

まさ子は、友美の言うことにも一理ある、と思った。友美は友美で息子を思って一生懸命なのだ。さっきの〈噂話〉も、無責任なお喋りではなく、少しでも危険があるならそこから息子を遠ざけようとする親心と思えば、また違って感じられる。

「そこまで考えたこと、なかったわ。……偉いのね」

「そんなー。でもまあ、苦労してるから。なんせ十八歳のデキ婚で、おまけにバツイチですからね！」

友美はそう言って、バッグの中から小さな袋とメモを出し、まさ子に渡した。

「これ、受け取ってもらえます？　おやつにでも食べて。このクッキー、けっこう美味しいの。そして……何かあったらこのメモの番号に、連絡くれますか？　すぐに駆けつけるから」

友美は、袋を受け取ったまさ子の手を両手で握って頭を下げた。

(さっき『付け届け』の話をしたばかりなのに)

まさ子は、苦笑しつつも、そこに友美の信念を見たような気がした。

「わかったわ。お互いに、助け合いましょう」

「良かったー。同室が透くんママで、本当によかったわー。達也のこと、よろしくお願いします！」

達也を守りたい、と言った友美の心が、この小さな菓子包みに込められている。母の思いは皆同じだ、とまさ子は思った。

第四章　班女

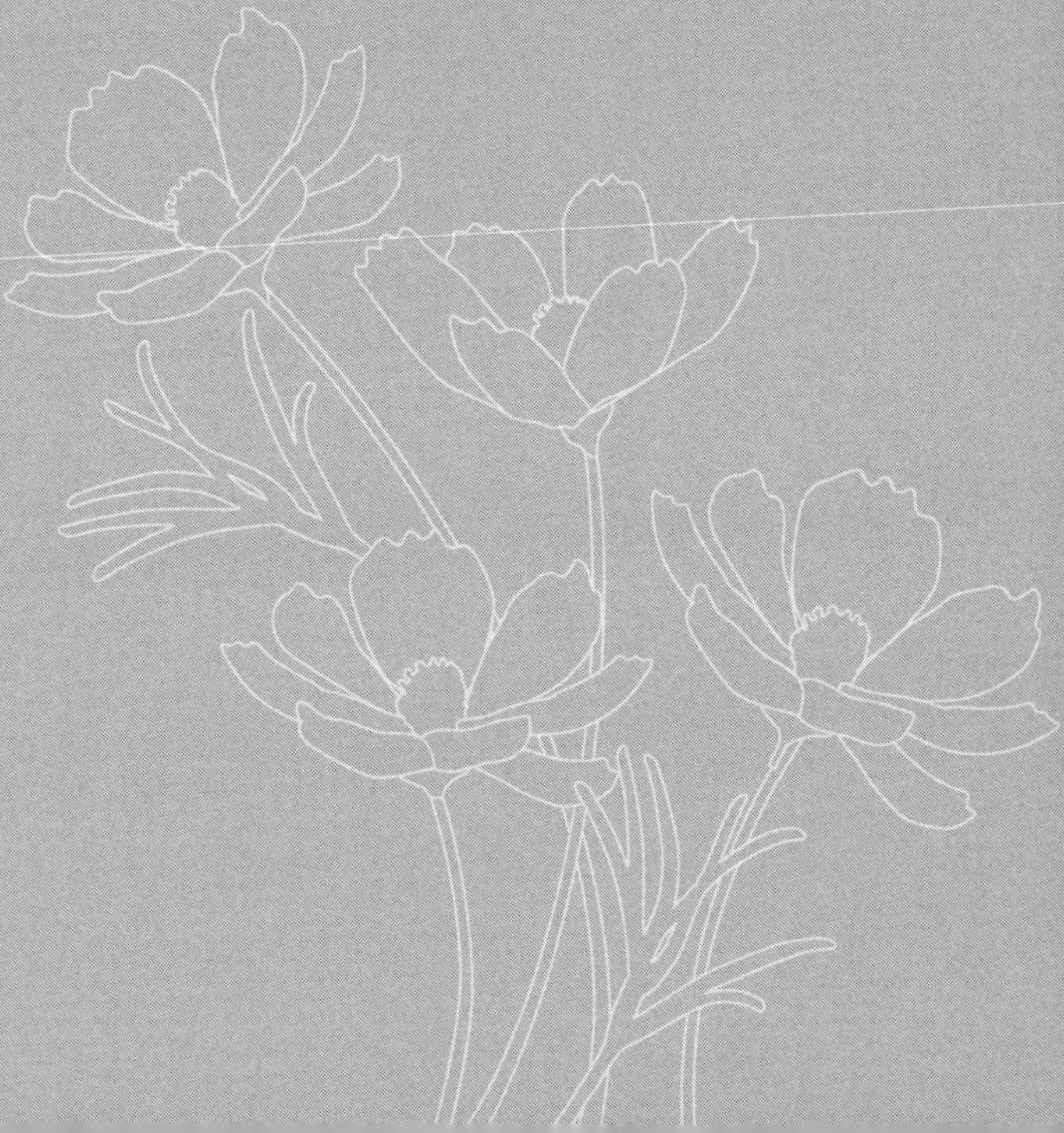

二人部屋に移って三ヶ月。透のリハビリは、相変わらず立位保持訓練で停滞している。自呼吸の訓練も、スピーチカニューレは装着したものの、管の中にある弁を閉めて話す練習をするのは体調が良い日を選び、時間も非常に短かった。ちょっとでも痰が絡んだり、咳き込んだりすると中止。「気道確保は命に関わる装置だから」と慎重すぎるほどで遅々として進まなかった。長いこと、食べるにしても喋るにしても、一年以上も口のあたりの筋肉を使っていない。安定して自呼吸できる日など、本当に来るのだろうか。道のりは遠く思えた。

その日、まさ子は入院費を払うために外来会計に寄った。二人部屋になってから、月々の入院費は以前より十五万円増えている。加入していた透の医療保険から、入院一日あたり三千円の給付が出るが、全額はまかなえない。その給付も永遠に続くわけではなく、七百二十日が限度である。自賠責保険の補償も百二十万円まで。この先どうなるのか。まさ子は不安で仕方がない。

ただ、夫の幹雄が何かにつけて「金はなんとかする」と言ってくれ、昨日も銀行から二十万円を下ろしてきた。

「お前はとにかく透のそばにいろ」

ぶっきらぼうな夫だが、自分が透を最優先に考えて過ごせるのは、その言葉があるからだ。今日も無事に支払いを終えられることがありがたかった。

ふいに、女性の金切り声が耳をつんざく。

「放して！　通してください！」

外来の待合ロビーがざわついている。見ると一人の女性が大声で騒ぎ立て、ガードマン二人に囲まれていた。午後二時とはいえ、まだ待合ロビーには会計を待つ人たちが多く残っている。その場に居合わせた人々は、いったい何事が起きたのか、遠巻きにして眉をひそめ、様子をうかがっている。

（あれは……）

まさ子は、騒いでいる女性に見覚えがあった。

（充くんのママ？）

以前透と同じ六人部屋にいた、高橋充の母親だ。

いったい何を騒ぎ立てているのだろう。彼女は大柄なガードマンに行く手を塞がれたまま、後退りするようにしてあっという間に玄関から押し出された。まさ子は本当に充の母親なのか確かめたくて、玄関を出て近寄った。

その女性は、玄関前のスロープを下りたところにうずくまっている。

「もしかして……充くんのお母さん？」

女性は顔を上げた。

「やっぱり。同じ病室にいた城田透の母です。覚えてます？」

「城田さん……」

朦朧《もうろう》としていた瞳に、精神が蘇ってきた。彼女はガバッとまさ子にすがりつき、大声で叫んだ。

「ここにいてはダメ。殺される。あなたの息子も殺される！」

そう言って、バッグから一枚のチラシを渡し、

「力を貸して。私に、力を貸して」と懇願するのだった。チラシには、「『高橋充の尊厳を守る会』U総合病院を告発する！　息子の臓器を返せ！　高橋伸枝」とある。

「……臓器を、返せ？」

「臓器を全部奪われるのよ！　充のように！　今すぐここから出て！」

声を聞きつけ、ガードマンが玄関外に出てきた。

「敷地内から出てください！　警察を呼びますよ」と厳しい声で追い立てる。

「息子を返せ！　息子を返せ！」

高橋伸枝は再び彼らに立ち向かっていった。しかし屈強な男たちの厚い胸板は、非力な女が素手で叩いてどうにかなるものではない。細身の伸枝はその反動で、後ろにはね飛ばされてしまった。

「乱暴しないでください！」

まさ子はようやっとそう叫び、伸枝に駆け寄った。ガードマンは困惑顔だ。

「何もしていませんよ。手を出したのはこの人の方だ。自分で転んだんじゃないか」

「そうだけど、そうだけど……」

「これ以上言うことを聞いてくれなければ、本当に警察を呼びますから」

「待ってください！　……知り合いなんです。私が家まで送りますから……」

その言葉を聞いてほっとしたのか、ガードマンたちはまさ子に一礼し、病院の中に戻って行った。まさ子は伸枝の背中をさすって言った。

「大丈夫ですか？　おうち、市内ですか？　お送りします」

「うううううう……充～～～！」

背中に当てたまさ子の掌に、伸枝の慟哭《どうこく》が響く。息子を失った母の深い嘆きであった。

＊＊＊

仲枝の家は、病院の最寄り駅からバスで十分もかからない、大規模団地の一角にあった。エレベーターのない五階建ての五階。狭い階段の両側に一つずつ住居がある、ひと頃は日本中に建てられた、昔ながらの公団住宅である。狭く折れ曲がった階段やこぢんまりとした踊り場を五階分上りながら、まさ子は思わず不謹慎な想像に駆られた。

(充くんが亡くなって、その棺はちゃんとおうちに運び込めたのだろうか)

(またもし、充くんが無事に退院できていたとしても、こんなエレベーターなしの五階では、自宅療養は難しい……)

まさ子には、とても他人事とは思えなかった。

「どうぞお入りください。散らかってますけど。すみません」

仲枝は力なく笑みを浮かべてまさ子をいざなった。

玉すだれの暖簾を分けると、初期の公団住宅の典型である台所と居間がある。壁は砂壁、残りは全て襖で、それを開けると押入れなのか、それとも次の間に続くのかはわからない。真正面の壁ぎわには腰高の食器棚があり、その上に充の遺影が花束と共に置かれていた。

「今日は本当にご迷惑をおかけしました。ごめんなさい」

仲枝は深々と頭を下げた。

「びっくりしました。充くんが亡くなったことも知らず……お参りさせていただいて構いませんか？」

「はいもちろん。ありがとうございます」

遺影の充は、優しそうな笑顔を浮かべている。

「お茶を入れましたので、こちらへ」

促されたまさ子がダイニングテーブルに座ると、伸枝も真正面に座った。

「今日はありがとうございました。病院で暴れている女なんて、避けて通りたいものなのに。知り合いならなおさら、知らんぷりされたって仕方ないのに、助けてくれて、家まで送ってくださって、感謝しています」

まさ子はその語り口を聞いて、自分の知っている伸枝とは、どこか違っているように感じた。

（こんなに凜とした、しっかりした人だったかしら？）

「城田さん、あそこに、外来にいらしたということは、息子さん……透さんでしたっけ、退院されたの？」

「いいえ、まだ入院中です。一緒だったあの病室から、二人部屋に移りました」

「二人部屋に。城田さんも聞かれたんですか？　二人部屋か、八人部屋かって」

「ええ」

「それでお加減は？」

「リハビリを続けていますが、なかなか」

息子を亡くした母親の前で、自分の息子の話をどうすれば彼女を傷つけないのか、うまく言葉が出てこない。

「いいですよね、お金のある人は。一日五千円。毎日五千円。私には無理だった。だからベッド代がかからない八人部屋にしたんです。でも、多少病室が狭くなっても、建物が古くても、医療自体は同じように受けられると思うじゃないですか。同じ病院ですよ。別に、特別なサービスを望んでいるわけじゃない。それなのに……」

伸枝は湯呑みを握りしめ、低い声で呟いた。

「あの子は、殺されたんです」

「……」

まさ子の脳裏に、友美の顔がよぎった。そして胸がギュッと締め付けられた。

（〈老人病棟〉に行った人は帰ってこれない、普通でない死に方をするんですって）

「殺されたって、どういうことですか？」

「聞いてくださいます？」

「はい。何があったんですか？」

仲枝は両手で顔を覆った。その手を開くと、フーッと深呼吸をして静かに語り出した。

「夜、前の病棟に行くと、違う病棟に移ったということで、そちらにまわりました。建物に入るなり、ひどい匂いがして。それを打ち消すための消毒薬の匂いもきつくて。廊下を歩くだけで、もう気持ちが暗くなるような場所でした。ナースステーション……というか、小窓がある部屋なんですけど、そこで病室を聞くと、すごく迷惑そうな顔をされて。もう面会時間じゃないっていうんですよ。規則だからの一点張りで、その日は会わせてもらえませんでした。

だから数日後、仕事場に無理を言ってようやく半休を取り、昼間に行ったんです。そうしたら……あの子、縛られてたんですよ」

「縛るって？」

「拘束っていうんですか？　手足をベッドに括り付けられて。私が行ったら、充、おいおい泣いたんです。なんとか手を抜こうとしたのか、擦り切れて手首が赤くなってました。すぐにナースステーションに行って、訳を聞いたら、暴れてチューブを外すし、ベッドからずり落ちるから拘束しましたっていうんです。そう言われると、それ以上言い返せなくて。私は縛られたままの手足をさすってやるのが精一杯でした。だって、お医者さんが縛らないといけないっていうんだから、それ相応の理由があると思うじゃないですか。縛らないと充の命に関わるんだ、そう自分に言い聞かせて、一生懸命さすりました」

仲枝は思い出すのも辛そうに、涙ぐんだ。

「でも、前の病室では暴れたことなんかなかったじゃないですか。大体、ほとんど動けないんですよ。筋肉も落ちてるし。座ることだってできるかどうか。おかしいとは思ったんです。なんで暴れるんだろうって。縛られるから暴れるんじゃないか、逆効果なんじゃないかって。でも……思うだけで、面会時間が終わると、帰るしかなくて。だけどね、帰ろうとすると、充が悲しそうな目をするんです。でも、どうすることもできない。ここにいてもらうしかない。私はまた明日、仕事がある。後ろ髪を引かれる思いで病室を後にしました。まさか、それが最後になるなんて、思ってもいなかった……」

「さいご？」

「その夜、というか、午前三時頃、電話が来て、……亡くなったっていうんです」

「いきなりですか？　危篤とかじゃなくて？」

「急変して手当てしたんだけど、亡くなったって。すぐに行きましたよ。ここからだから、車で十分もかからない。でも死んでいた。本当に死んでいた。冷たくなって……」

「……お気持ち、わかります。そんな急に亡くなったと言われても、納得できないでしょうね」

〈殺された〉というのは、そういう意味なんだ、とまさ子は納得した。

（そうよ、本当に病院が殺すなんてことはない。噂はやっぱり噂でしかなかった！）

そう胸を撫で下ろしつつ、一方で新たな疑問が湧いた。

（じゃあ、臓器を取られるっていうのは？）

仲枝は続けた。

「私はどうしても納得がいかなかった。死因は何ですか？と聞いたら、悪性症候群を発症して、高熱と痙攣を繰り返した、と。その悪性症候群って何ですか？　なぜなったんですか？って聞いても、それはわからない、と言うんですよ。向こうから、解剖して詳しく調べますかと聞かれたので、お願いしました」

「じゃあ、解剖で、詳しいことがわかったんですね」

「いえ。結局解剖しても原因はわかりませんでした。……そういうこともある、とあらかじめ言われていましたから、できるだけのことはしてもらったと思い、感謝したんです。その時までは。でも……」

仲枝は立ち上がり、遺影に向かった。

「ここでね、二人っきりのお通夜をしました。充の父親は早くに亡くなっているんです。充はすでに棺の中でした。でも私、棺の蓋を開けて、充を抱きしめたの。こうやって……」

仲枝は両腕を胸の前で広げると、横たわる充の体をすくい上げ、抱きしめるようにして腕を交差した。仲枝の面差しは、十字架から下ろされたキリストを抱く聖母マリアのごとく神聖で、慈愛にあふれている。ところがその顔が、一瞬で般若に変わった。

「その時、私は気づいたんです。あまりにも軽い。充の体があまりにも軽い、と。城田さんもわかるでしょう。意識のない体が、いかに重く感じるものか」

まさ子はうなずいたが、死体はまた別のようにも思えた。

「……解剖によって、血が、水分が抜けてしまっていた、とか？」

「私もそれを考えましたよ。でも、それにしても軽い。経帷子《きょうかたびら》を払いのけてよくよく見たら、喉のあたりからおへその下までまっすぐ切られていて、内臓がそっくりなかったんです！　わかります？　あの子の臓器がそっくりなかった！　肺も、心臓も、肝臓も、骨だって全部はなかった。あったのは、水道管のような、太い管が二本。それが包帯でぐるぐると結ばれて、背骨の代わりのようにして……。ああ、それを見た私の気持ち……息子のお腹の中を確かめるだけでもあり得ないくらい残酷な話なのに、水道管しか入っていなかったなんて！」

仲枝は泣き崩れた。まさ子も、あまりの話に身も心も凍りつき、言葉をかけることができない。

　ややあって、仲枝は顔を上げた。その顔は、能面のように無表情だった。

「私はすぐに警察に電話をしました。臓器が盗まれた。探してください、と」

「警察……すぐ来てくれました？」

「来ましたとも。……まあ、半信半疑でね。それでも、愛人が遺体の髪の毛を切っていくとか、遺骨を盗むとか、遺体や遺骨に関わる窃盗は全くないわけではないらしく、いろいろ事情を聞かれました。そして、確かに遺体には内臓がないわけだから、病院に問い合わせてくれた。そうしたら、解剖後の臓器は返却の義務はないって、病院が言っていると。解剖承諾書にはサインがあるから、法的に問題はないと言うんですよ」

「そうなの？」

「びっくりでしょ？　もちろん、ああそうですか、なんて納得できるはずがありません。翌日、すぐに病院に行きました。そんな説明は受けていない。『解剖しますか？』『します』『原因がわからない場合もありますよ』『了解しました』、それしか話してない。解剖は頼んだけど、臓器を渡す約束なんかしていない！　よしんば臓器があってもなくても、縫合くらいちゃんとして返してくれると思っていた。それが、何の説明もなく、人の体の中に水道管を入れて返してきた。これが病院のやること？」

仲枝の目は、憎しみでギラギラと光った。

「全部返せ、充のお腹の中にあったもの、全部返せ！　私は叫んだ。でもダメだった。私は弁護士を立てました」

「弁護士……」

「私みたいな素人が返せ返せと言っても、病院はびくともしない。医療過誤に詳しい弁護士先生に頼んで、代理人として病院と折衝してもらいました。それをして、やっと戻ってきたのは、生の肝臓が一個、干からびた腎臓が二個、そして、脳の切片が二個でした」

仲枝は台所の方へ向かい、冷凍庫を開けて、ビニール袋に入った小さな箱を取り出した。

「まさか……これ……」

まさ子は背筋がぞくっとした。恐怖に歪んだまさ子の顔を、仲枝は冷静に眺めた。

「私を異常者だと思います？　思われても構いません。私、残りの人生は全て、充のために捧げます。充は殺された！　臓器を取り出すために殺された！」

「あなたは、病院の目的が、臓器を取り出すためだったとおっしゃるの？」

「そうよ。私もこうなってようやく知ったけど、心臓や腎臓を丸ごと他人に移植するだけが、臓器の価値じゃない。死亡した患者から取り出した心臓弁を凍結保存して、心臓弁が弱った別の患者に移植する、とか、臓器の一部分も含めて、死んだ人の体は何もかも〈再利用〉されているんです。アキレス腱も、血管も、皮膚も！　高値で売買されているんですってよ。……それが納得ずくなら、私は何も言いません。でも、気づいたら奪われていて、水道管と入れ替わっていたなんて。泥棒よ。人のものを勝手に取って、それを売って儲けて……許せない！　だから私は病院を訴える。何年かかっても、絶対に病院のやったことを認めさせる。この充の臓器は、そのための証拠です。今の科学では証明できなくても、何十年かしたら何かの分析に役立つかもしれないじゃないですか。私は絶対にあきらめない。絶対に！」

仲枝は小箱を冷凍庫に戻すと、腰が抜けそうなくらい怯えているまさ子に向かい、神妙な顔で謝った。

「ごめんなさい。ここまで話すつもりはなかった。ただ、あなたには私のようにはなってほしくなくて。あの病院にいてはだめ。あの病院の言うことを、鵜呑みにしてはだめ。考えれば、私はただただあの病院を信じて、すがって、息子を預けていた。それが間違いの元だったの。自分で考えなければいけなかった。だから、私、勉強することにしたの」

仲枝は病院で配っていたのとは異なるチラシをまさ子に手渡した。

「『脳死と臓器移植を考える勉強会』」

「脳死って、境界線が曖昧なの。病院の都合で作れるの。怖いのよ。病院は何をするかわからない」

「……うちの息子は事故の直後に、ほとんど脳死状態だって説明を受けた……」

「でも、死ななかったでしょ？　生きてるでしょ？　脳死状態だから、死んでも構わないって思わないでしょ？」

仲枝はまさ子の目をまっすぐに見つめてくる。まさ子もその目を見つめながら、小さく、しかし力強くうなずいた。

第五章　再会

充の母に会ってからというもの、まさ子はとてつもなく深い闇を見てしまった思いで、自分の不安をどうすることもできなかった。病院に見舞いに行っても、今までと見える景色が全然違う。

もちろん、伸枝の話をそのまま信じているわけではなかった。子を失った衝撃の大きさから、病院を悪者にしなければ悲しみの持っていきようがないのだろう、と同じ母親として深く同情したが、あまりに話が荒唐無稽すぎる。

（遺体の中に水道管？　想像できない……）

けれど、全てが彼女の妄想とも思えなかった。そして何より、「病院にいてはだめ」という言葉がまさ子の胸に引っ掛かった。

――あの病院にいてはだめ。あの病院の言うことを、絶対に信じてはだめ――

実はまさ子も、最近漠然と、転院を考えるようになっていたのだ。

　このところ、透の病状回復がはかばかしくない。とりわけ「退院を視野に」と始めた自呼吸訓練が、遅々として進まないのが気になっていた。

（本当に退院を視野に入れた訓練なのだろうか？　何か別の意図があるのではないか？　いや、そもそも退院させる気がないのでは？　差額ベッド代を払っているのだから、入院が長引く方が病院には有利なのでは？）

　まさ子は一度ならず、そんな思いにかられたことがあった。そうした不信感が生まれるたび、まさ子は「よくしてくれた病院に悪い」と疑念を打ち消した。透の命を救ってくれたのは、この病院なのだから。

　しかし伸枝の話を聞いたことで、この思いは胸の中を黒々と占領するようになってしまったのである。疑いを持ち始めたら、もはやきりがない。

（このままだと、安心して病院にいられなくなる！　だからと言って、他に転院していいものかもわからない……）

　そこで思い当たったのが、倉嶋順子の存在だった。最近になって北陸から隣町のT市に転居した、と葉書をくれた順子が、看護学科の卒業生だったことを思い出したのだ。結婚以来、年賀状のやりとりくらいで縁遠くなっていた順子には、透の事故も知らせていなかった。順子にだけではない。まさ子は事故以来、透の現状を文字にして書いたことが一度もなかった。文字にすれば現実になってしまう。現実を受け入れたくない気持ちが、ずっとまさ子を孤立無縁にしていたのだ。

だから、一度書き出せば、思いは次から次へと噴き出した。理不尽な事故に巻き込まれたこと、九死に一生を得たこと、すでに一年以上入院していること、退院の目処が全く立たないこと、転院したほうがいいか迷っていること……。今の気持ちを素直に手紙に書きながら、まさ子は涙を流していた。

手紙を投函して数日。順子から返事が届いた。

「お手紙ありがとう。すぐに電話を、と思ったけど、病院にいることが多いと思い、手紙にしました。よく知らせてくれたね。とにかく一度お見舞いに行きます。水曜の午後、行きますね」

＊＊＊

「まーちゃん、久しぶり！　何年ぶり？」

二十年ぶりに会う倉嶋順子は、恰幅のいい中年女性になっていた。旅の途中で出会った時は、小顔にショートカット、ボーイッシュな出で立《いた》ちで細身のジーンズがよく似合い、モデルのようにスタイルが良かった。が、今その面影はない。

「順ちゃん、きてくれてありがとう」

「まーちゃんは全然変わらないね。私は変わったでしょ？　あの頃より、体重五割増しよ！」

「五割増でその体型は、逆にすごいと思う。何？　昔体重四十キロ自慢？」

冗談を言って笑いに変えたが、確かに体型の変わりようには驚いた。その上、まだ四十代なのに白髪が目立つ。顔の皺も深い。苦労が多かったのだろうか。唯一、声だけが昔と変わらぬ澄んだソプラノで、その明るい声を聞いているうちに、目の前の順子と昔の順子は次第に統合されていった。

病室に入ると、順子はニコニコしながら透に挨拶した。

「透くん、初めまして！　お母さんのお友達の倉嶋順子です。今日の調子はどう？」

透はじっと順子を見ている。

「今日はね、お母さんをちょっと借りるよ。会うのが二十年ぶりだから。たくさん話すことがあるの。いい？」

透はうなずく。

「ありがとう！　君と握手していい？」

そう言って順子は手を差し伸べた。が、透がうなずくまでは触ろうとしない。

「いいかな？」

透がうなずいた。順子は透の右手を両方の手でじんわりと包み込む。

「よく頑張ってるね。すごいよ、透くん。お母さんの自慢の息子だね。お母さんも頑張ってるよ。お父さんも応援してるよ。だから大丈夫。大丈夫」

順子は透の手をさすりながら、透を「病人」ではなく一人の人間として相対し、意思の疎通ができることを確信して笑顔で語りかける。まさ子は胸が熱くなった。


順子はまさ子を病院から連れ出し、駅前の喫茶店に誘った。

「とにかく、よく頑張った。まーちゃん、えらいわ」

テーブルにつくや否や、順子はまさ子の手を握って励ました。順子の手は温かい。

「連絡してくれたのも、すごくうれしかった。頼ってくれて。このタイミングで近くに引っ越したのも、きっとご縁よ。天の配剤だわ」

「ありがとう。順ちゃん。本当にありがとう」

まさ子は思わず涙ぐんだ。

「とにかく、美味しいものを食べよう。まずお世話する家族が元気じゃないと。まーちゃんは、甘いものが好きだったよね、フルーツパフェ？　チョコパフェ？　私はチョコにする。まーちゃんは？」

　順子の屈託のない笑顔を見ていると、まさ子は学生時代に戻ったような気持ちになった。風で帽子が吹き飛ばされたの、ベンチに本を置き忘れたの、電車に遅れそうになって必死で走ったら逆方向だったのと、些細なことで大騒ぎし、コロコロと笑っていた日々。あんな楽しい日々はなかった。と同時に、透が今、そうしたたわいもない日常を経験することができないのが、なおさらかわいそうに思えてくるのだった。

　パフェが運ばれてきた。順子はクリームをすくいながら、真顔で話し始めた。

「病院のことだけど」

「うん」

「私も現役から離れてかなり経つし、地元でもないから正確なことはいえないよ。でも、まあのくらいの規模の総合病院としては、普通じゃないかと思う。どこの病院も重点的に力を入れている診療科があるから、その科によって設備も建物も、古かったり新しかったり、差があることは仕方ないと思う。抱えている患者さんが多いから、全面的に建て直すのも難しいし。建て増し建て増しで凌ぐとああなっちゃうよね。その、〈老人病棟〉っていうのがどこにあるのか知らないけど、まあ、今時八人部屋は、患者さんにとっては厳しいよね」

「透も、事故の直後に入れられたリカバリー室は、八人部屋だった。ただ狭いというだけじゃなくて、人間扱いされてない感じで……」

「辛かったね。ナースや医者の質は、まあ、やっぱり当たり外れがある。どの職業でもそうだけど、ベテランもいれば新人もいる、努力家で勉強する人もいれば、言われたことしかやらないのもいる。もちろん、人手不足で忙しすぎたりすると、余裕がなくて患者に優しくできなくなる人も多い。人の命を預かっているから、そんな言い訳は通用しないけどね」

「私はね、順ちゃん。感謝もしてるのよ。バイク事故で重度の脳挫傷を負った透が、意識を取り戻して、ちょっとでも立てるようになって、歩けるかっていうところまで来たんだから。リハビリの先生方は本当にとてもよくしてくださるの。透も明るくなったし、私も希望が持てるようになったの」

「よかったね、本当によかった。ずいぶん時間経ったけど。……一年？　もうすぐ一年半？　頑張った。透くんも、まーちゃんも」

「……あとは自呼吸さえできれば、家に帰れるって言われているのよ」

「呼吸管理はやっぱり自宅では難しいものね。カニューレを入れた状態で一年以上か……」

「スピーチカニューレっていうの？　私、あれに替えたらどんどん喋れるようになるんだと思ってたから、すごくガッカリしちゃって……」

　まさ子は口をついて出てきた自分の言葉に驚いた。「ガッカリ」などという言葉は、絶対に言ってはならないと思っていたからだ。

「気持ち、わかるよ。新しいことを始めれば、きっと変化があると思うものね。だけど、呼吸管理には慎重になるのは仕方ない。お医者さんも絶対安全を心掛けているから、そこはわかってあげてね。ほら、早く食べなよ。アイス溶けちゃうよ！」

　まさ子はアイスとフルーツを頬張った。

「おいしい！」とは言ったが、あまり味が感じられない。頭の中は、透のこれからのことでいっぱいだ。まさ子は思い切って本題に入った。高橋充の死と、その母親が語ったことについてである。

「どう思う？」

「うーん……」

　順子の顔からも、さすがに笑みが消え、しばらく考え込んでしまった。まさ子はその沈黙に耐えられず、話し出した。

「ごめん、同業者がそんなことしてるなんて、考えられないよね」

「いや、その人の気持ちはわかるよ。十分なケアをしてもらっていなければ、あるいは、どうしてそうなったのかの説明がなかったり、納得できなかったりしたら、殺されたも同然と憤るのはわかる。そう思われないためにも、医療者はしっかりと患者さんやご家族に向き合わなくちゃいけない。だから、何らかの落ち度はあったんだと思う。でも、直接見たわけじゃないし、なんとも、ね」

「そうだよね。私だって、半信半疑だもの」

「看護大学の学生時代、口を酸っぱくして『文学を読め』って言う先生がいてね。森鷗外の『高瀬舟』と、謡曲の『隅田川』」

「『高瀬舟』は知ってる。安楽死の話だよね。『隅田川』は知らない。謡曲っていうから、お能？」

「京都で子どもをさらわれた母親が、子どもを探して関東の、武蔵の国の隅田川にたどり着く話なの。京都から東京まで、歩くんだよ。女独りで、気が触れたようになって。それだけ親の愛は深いっていうことを、肝に銘じろって、先生はよく言ってた」

　まさ子は、冷凍庫から小箱を出した時の、伸枝のギラついた瞳を思い出していた。

(気が触れたように……。あの人も、充くんの死に納得できるまで、どこまでも歩いていくのかもしれない……)

　順子は少し話題を変えた。

「医療もね、私が現役だった頃とは全く違っているの。例えば、私たちの時代は予防注射で使う注射針、同じ針で何人もに注射してたよね。今は全部使い捨て。昔の常識は今の非常識なわけよ。逆に言えば、今の常識は昔の非常識なわけで。死人の臓器を違う患者に使うとか、人の皮膚を加工して絆創膏がわりにするとか、ちょっと前ならありえないよね。脳死だって、心臓が動いているのに死んでるって言われても、納得がいかない人の方がまだ多いと思う」

「透も脳死状態だったって言われた。脳死状態だけど、あそこまで回復したんだよね」

「今、よくインフォームド・コンセントが大切だって言うでしょ？　医療者は、治療だけじゃなくて、納得のいく説明ができるコミュニケーション能力が必要だって。でも、コミュニケーションって、お互いさまじゃない。患者もわかろうとする気持ちが大切だと思う。そりゃ専門家じゃないから、わからないことがあって当たり前だけど、何のために、何をされているかを理解しようすることは必要だと思う。たとえば脳死状態ですって言われて、脳死ってどういう状態なのか、どうして脳死と判断したのか、それを医者に質問するだけでも、何か変わってくると思うの。やっぱり勉強することが大切なんじゃないかな。まーちゃんが転院を考え出したのも、悪いことじゃない。転院するにしてもしないにしても、透くんのためにどうするのがいいのか、考えたということがすごいのよ。こういう言い方がいいかどうかわからないけど、医者も人間なの。パーフェクトじゃない。だから、みんなで知恵を出し合い、協力して治していくの。患者も、患者の家族も、全員で」

順子はまさ子の手を握った。

「だから、何かあったらいつでも私を呼びなさい。私も、協力する一人だから。真夜中でもいい。絶対に連絡して」


その日の帰り際、まさ子は駅前の本屋に立ち寄った。U病院の近くなので、小さいながらも医療や健康に関する本が豊富だ。高血圧や糖尿病などの生活習慣病やがんについて、最新の情報を扱ったものの他、『西洋医学の落とし穴』『切らないで治す』など、従来の医療に一石を投じるような論調の本も並んでいた。

まさ子が医療の棚の前に立っていると、初老の店主が声をかけた。

「何かお探しですか?」

「臓器って……」

「臓器移植関連はこちらです」

店主は「臓器移植」「ドナーバンク」などの本が並んでいるところに案内した。

「ご家族に、どなたか治療が必要な方がいらっしゃるんですか?」

「いえ」

「じゃ、こっちかな」

店主が指した棚には、「脳死」について本が並んでいる。

「今、臓器移植を巡っていろいろ報道などもありますので、結構皆さん関心ありますね。脳死は人の死か、ってね」

まさ子は思い切って聞いてみた。

「脳死になると、知らないうちに臓器を取られる……なんてこと、ありませんよね」

店主はちょっとびっくりして目を丸くしたが、茶化さずに答えてくれた。

「まあ、日本も法治国家ですから、いきなり心臓を取られるとかはないでしょう。でも、けっこう杜撰なところもあるみたいですよ。脳死に限りませんが、解剖しますって言われて、解剖だけじゃなくて臓器も研究用に取られちゃったり」

「え……そんなこと……」

まさ子の脳裏に仲枝の顔が浮かぶ。

「事実は小説より奇なり、と言いますからね」

そう言って店主は、本棚から一冊の本を取り出した。

「この本を読めば、きっと大体のことがわかりますよ」

脳外科医・座間賢一の著書『脳死患者から見た臓器移植』である。

「この人……」

座間賢一の名を、まさ子は伸枝がまさ子に渡したチラシで見ていた。「脳死と臓器移植を考える勉強会」のパネラーの一人だった。

「ご存知ですか？　この人、医者なのに患者の、それも臓器を取られる方の患者の立場に立って発言している数少ない人ですよ。……実は、僕もちょっと応援していてね」

「……買います」

まさ子はその本を店主に差し出した。

会計の時、店主は本を入れる袋の中に、一枚のチラシを入れた。

「その本をお手に取られたのも何かのご縁。もし関心があれば、ぜひ。知識というのは、邪魔になりませんから」

そのチラシは、伸枝の家でもらったチラシと同じものだった。

第六章　行動

一九九一年晩秋、東京にあるA大学のキャンパスに入ると、見事に色づいたイチョウの木がまさ子を迎えてくれた。小春日和の青空に映える黄金の並木道を歩きながら、ふと、透の入院以降、桜も紅葉も、そんな景色を愛でる余裕さえ失っていたことに気づく。

（心が縮こまっていていたのね……）

まさ子は久しぶりに、大きく深呼吸をした。

東京にやってきたのは、シンポジウム『脳死と臓器移植を考える勉強会』に参加するためである。伸枝にチラシをもらった時は、一方的に意見を押しつけられるのではないか、それが心配で行く気がしなかった。が、書店で薦められた本『脳死患者から見た臓器移植』のまえがきを読んだ時、著者の座間賢一という人に会ってみたいと思ったのだ。

「医療が本当に患者のために機能するには、もっと患者との対話が必要だ」

「患者もまた〈おまかせ医療〉から〈考える医療〉に転換していかねばならない」

「患者の人権の確立こそ、医療の根幹」

それらの言葉は、順子のアドバイスである「勉強することが大切なんじゃないか」に通じるような気がしてすっと体の中に染み込んでいった。

改めてチラシを見てみると、「推進・反対の立場を超えて」とのサブタイトル通り、四人のパネラーもそれぞれ専門分野が違う。臓器移植を希望する患者家族を取材し続けているジャーナリスト・内田哲也、移植コーディネーター・佐々木尚子、安楽死に反対する生命倫理学教授・梅木章三、そして脳死を死とする考えに疑義を感じる脳外科医・座間賢一。

（一方的な意見だけに終始する会ではなさそうだ）

まさ子はそう判断した。会場となる教室の大きさは、百人規模だろうか。席は七割程度埋まっていた。

パネラーたちはまず、それぞれ三十分前後で用意してきた自論を発表した。その中で、最も衝撃だったのは、どうやって脳死という考え方が定着したかという説明の中で示された資料だった。「脳死状態で長期循環維持された肝臓の機能的ならびに形態学的変化に関する研究」というものだ。説明によれば、大阪大学の救急医学教室は、患者二十五名に対し、脳死判定から二週間、二日おきに血液検査を試行、十名には肝生検、十五名に剖検（病理解剖）を施し、肝臓を顕微鏡で観察したという。そして得られたのは、「脳死後四～五日より肝臓の障害が見られ、移植用の肝臓摘出はそれ以前に行うのが望ましい」という結論だったという。

（それって……人体実験？）

まさ子は信じられなかった。二十五人の患者が脳死状態でいること自体が想像できない。その上脳死状態になってから二週間、医師たちはその二十五人に対し、あらゆる手段を使って〈脳死状態〉を〈長期循環維持〉した。それも、実験するために！　まだ血が通い、温かい肉体を持つ「脳死者」を解剖し、医者たちが「今日はまだ肝臓が新鮮だ」「そろそろ腐ってきた」と判断したということではないか！

（こんなこと、患者さんの家族は承諾したのだろうか？　どこまで説明を受けたの？　家族がいない人ばかりを集めた？　いや、充くんのように、知らないところで臓器を取られて……）

友美が囁いた〈噂〉、あの〈老人病棟〉に行った人は、二度と帰ってこれない、普通でない死に方をするという〈噂〉が、まさ子の心に重くのしかかる。

（こんな酷いことが、研究成果として堂々と発表されているなんて、どうかしてる……）

とても本当のこととは思えない。自分の読み間違いであってくれ、と、まさ子は配られた資料を読み返した。わかったのは、その医学教室では肝臓だけでなく、腎臓や骨髄についても同じような〈研究〉が行われ、それが研究誌に発表されているということだった。

まさ子は暗澹《あんたん》たる気持ちで、講話の終わりの方は、ほとんど耳に入らなかった。

小休憩を挟み、後半は一時間ほどのパネルディスカッションだ。ジャーナリストの内田は、どちらかと言えば臓器移植のための脳死判定普及に肯定的な意見を述べた。

「そもそも脳死とは、回復不可能な脳機能の喪失を指します。だから人工呼吸その他で脳死と判定された後も一定期間心臓が動いたとしても、おおむね五日以内には心停止する。不可逆的だからこそ、脳死が人の死なのです」

（五日以内……）

まさ子は、先ほどの研究結果「脳死後四〜五日より肝臓の障害が見られ、移植用の肝臓摘出はそれ以前に行うのが望ましい」という見解との一致に、改めて〈脳死〉とは、臓器移植のために作られた死なのだ、と思い知る。

次に発言したのは、移植コーディネーターの佐々木だ。彼女も、脳死判定を慎重に行えば、倫理的にも問題はないと言う。

「脳浮腫、脳ヘルニア、脳血流停止などを経て全脳梗塞が始まった後、第一回脳死判定をします。さらに六時間後に第二回脳死判定をしますが、第一回脳死判定時点ですでに、内田さんがおっしゃる〈回復不可能〉いわゆるポイント・オブ・ノーリターンは過ぎているのです」

座間が言葉を挟んだ。

「その〈ポイント・オブ・ノーリターン〉、つまり回復不可能か可能かの〈蘇生限界点〉が、昨今、流動的になってきた。医療技術の進歩はめざましく、脳死状態からの復活症例が色々と出始めている。脳低温療法など、有効と思われる治療法が確立しつつあります。『回復不可能』つまり脳死と断定するには、今以上に慎重になるべきでしょう」

生命倫理学者の梅木章三教授も言葉を継いだ。

「〈パーソン論〉というものがありまして。それは〈誰の生存権を優先するか〉という話です。たとえば、妊婦が生命の危険に陥った時、妊婦の命を優先するか、胎児の命を優先するか、ということです。現在ではよほどのことがない限り、まずは母体の健康を優先します。でも戦前の日本であれば、子は家を継ぐための宝であり、それに対して妻の地位は低く、『妻はまた娶ることができる』という考え方から、母体の健康より赤ちゃんの命が優先されたこともありました。また、胎児の中絶に関しても、絶対に許さないのか、妊娠何ヶ月まで容認するのか。いずれにしても、継続する同じ命をどこかで線引きすることになります。究極の選択ですが、何かを基準にして決めなければなりません。

脳死も同じです。臓器移植と脳死の問題で言えば、その線引きのポイントが、移植を望むレシピエント側に重心を移しつつある、ということではないでしょうか。レシピエント側にすれば、臓器はできるだけ状態の良いものを、素早く摘出して移植を成功させたいですからね。しかしドナー側は複雑です。ご本人にドナーになる遺志があったとしても、家族の立場からすれば、脳死を人の死として受け入れるのは容易なことではありません。まだ心臓が動いていて体も温かい。それなのに、臓器を摘出するなんて、普通は考えられないものです」

まさ子は思わず、深くうなずく。

座間医師が再び意見を述べた。

「思うに、現在は人の命の〈価値〉にばかり目が向けられているような気がしてなりません。ドナーもレシピエントも同じ人間です。ところがレシピエントは生かすべき〈人〉として扱われるのに、ドナーは臓器としてしか考えられていない。〈物〉扱いだ。どうせ死ぬならその臓器を有効活用する方がいい、焼いてしまったらもったいない、という考え方に、私は違和感を覚えます。命とは、〈価値〉ではなく、〈意味〉で考えるものでしょう。たとえ障害があっても、寝たきりであっても、目覚めなくても、家族にとってはかけがえのない命。最後の最後まで、生きる〈意味〉があり、御臨終を静かに迎えることこそ〈生命をまっとうする〉ということだ、その厳粛な時間を看取るところまでが、私は医師の仕事だと思っています」

後ろから拍手が聞こえた。仲枝だった。振り向いたまさ子を見て、仲枝は微笑んだ。

シンポジウムが終了すると、仲枝が駆け寄ってきた。

「来てくれたのね。ありがとう。……どうだった？」

「……まだ、うまく考えがまとまらない。でも、とにかく、来てよかったと思う」

「そう言ってくれて、うれしいわ。まだお時間大丈夫かしら？　紹介したい人がいるの」

教室を出ると、「高橋さん、こっちこっち」と手を振る女性がいた。男女四人が集まっている。

「あの人たちよ」

仲枝はまず、背広を着た四十代くらいの男性を紹介した。

「この方が、充のことでいろいろお世話になっている弁護士さん」

「弁護士の永井俊彦です」

「城田まさ子と申します」

仲枝が付け加える。

「城田さんの息子さんは、あの病院にまだ入院しているんです」

「そうですか」

永井はまさ子の顔を覗き込んだ。

「今日のシンポジウムには、何かご心配なことでもあっていらしたんでしょうか？」

まさ子は慌てて否定した。

「いえ、そういうことじゃなくて。……ただ、高橋さんの息子さんのことがショックで。本当に、そんなことがあるのかって……ごめんなさい仲枝さん。私、まだ全部を理解できていなくて。でも今日、これを知って」

まさ子は今日配布された資料を出し、例の、脳死患者に対する〈研究〉のことが書いてあるページを示した。

「これって人体実験じゃないでしょうか。こんなこと、許されるんですか？　患者の家族の了解は取っているんでしょうか？」

「そこですよ」と永井は言った。

「病院側は、患者側にきちんと説明していない。いや、患者とも思っていない。人の体を損壊している意識もない。何か問題が起きても、『医療の進歩のために必要』と言えばそれで済むとたかを括っている。仲枝さんのケースもまさにそこなんです」

「私、ぞっとしてしまって。体がまだ温かいのに、解剖できるなんて気が知れない。お話の中で、座間先生がおっしゃっていたじゃないですか。患者を物扱いしてるって。あの言葉が、とても心に響きました。息子が入院してから、時々、物扱いされていると感じるときがあって、そういうとき、とても悲しかった……」

「信用できないなら、すぐに転院したほうがいいわ」

永井とまさ子とのやりとりを聞いていた女性も、話に入ってきた。

「あ、ぶしつけにすみません。松下喜美子と申します」

「松下さんはね、U病院ではないんだけど、お母さんの死に疑問を……」

「高橋さん、ここでそういう話は」

松下が、伸枝の言葉を遮った。教室からは、他の参加者も次々と出てくる。

(そうだ、ここにはいろいろな立場の人がいるんだった)

「お茶でも飲みながら話しませんか?」

松下の言葉に皆はうなずき、まさ子もついていくことにした。

❋ ❋ ❋

六人が喫茶店に落ち着くと、伸枝はまさ子に彼らの関係を説明した。

「私たちはね、『患者の尊厳を守る会』の会員なの。私は永井先生のご紹介で、最近入ったばかり。会員は皆、かかっていた病院は違うんだけれど、家族の死に方や遺体の扱いに何かしら疑問を持ってる。ここにいる人たちは、久本さんが旦那さんを、衣笠さんはお子さんを、小学生のお子さんを亡くしているの。松下さんは、さっき言ったようにお母様で……」

仲枝の話が終わるのを待たず、松下喜美子は堰を切ったように、自分の身の上を話し始めた。

「母の容態が急変したと連絡を受けて駆けつけたら、もう脳死状態だと言うんです。私、父を自宅で看取っているんだけど、人間って息を引き取ってもすぐには冷たくならないのよ。脳死状態ならまだ心臓も動いているわけで、なおさらでしょ。臨終には間に合わなかったけど、そのぬくもりをこの手で覚えておこうと思って母を抱きしめたの。そしたら……もう冷たかった。息をしているのに、氷のように冷たかったの……」

「灌流液だな」

衣笠満夫が吐き捨てるように言う。

「カンリュウエキ？」

聞き慣れない言葉に戸惑うまさ子を見て、永井が説明した。

「冷却灌流といって、臓器の損傷を最小限に抑えながら保存するため、一時間ほどかけて臓器を冷やす、そのために体内に流す輸液のことです」

「俺の息子にもやりやがった。臓器を摘出しようと目論んでいたわけだ。臓器を移植してもいいなんて、一言も言っていないのに！」

「衣笠さんのお子さんは、交通事故で、頭の損傷が激しかったの。でも、他はほとんど無傷だったんですよね」

仲枝の言葉に、衣笠は黙ってうなずいた。

「うちの夫も、足を触ったら氷のように冷たかった」

初老の女性・久本加代も悲しげに言った。

「太腿の付け根あたりに点滴のチューブが取り付けられていたんです。たしか、前の日まではそんなものはなかったのに」

永井も憤りを隠せない。

「灌流液を流すということは、すでに臓器摘出、臓器移植のプロセスが始まっているということであり、つまり患者としての治療は打ち切られているんです。ここで問題なのが、脳死状態であったとしても、二回の脳死判定がしっかりなされた後なのかという点です。少なくとも、二回の脳死判定の間には六時間は空けてなければならない」

「うちの場合、連絡があってから病院に駆けつけるまで、二時間程度でした。脳死判定をしたなんて話、聞いていません！」

喜美子の声は震えていた。

「患者を生かそうなんて、最初から思ってないんだよ」

衣笠は吐き捨てるように言った。

「運び込まれたその時から、俺の息子の臓器を奪うつもりだった。そうとしか考えられない。だからすぐに手術をしないで放置して、故意に病状が悪化するのを待ったんだ！」

仲枝はまさ子に囁いた。

「みんな死の直後に解剖を勧められて、戻ってきた遺体からは、何かしら臓器が抜かれていて戻ってこなかった人たちよ」

まさ子は皆の話を聞きながら、三人が三人とも、病院が異なるにもかかわらず同じような経験をしていることに愕然とした。

（患者の体が、臓器保存のための容器のように使われているなんて、あってはならないことだわ……）

加代が当時の様子を語り始めた。

「夫の状態は安定していたんです。前の日まで熱もなかった。呼吸も、気道の切開はしていましたが、管理は良好でした。それが、いきなり高熱を出し、痙攣を起こしたというのです。もう手の施しようがなかった、の一点張りです。私、腑に落ちなくて、それで永井先生に相談したんです。そうしたら、ようやくカルテを見せてもらえて。……と言っても、私には医学の知識もないし、文字も走り書きで、解読は先生にお任せするしかなかったんですけど」

加代が恥ずかしそうに言うのを見て、永井が口を開いた。

「誰だってカルテなんか読み込めませんよ。久本さんが一番お知りになりたかったのは、なぜいきなり高熱や痙攣が発症したか、という点でしたよね。旦那さんの症状は、いわゆる『悪性症候群』というものですが、少し前に〈シンメトレル〉という薬が新たに処方されていた。私はこれが引き金になったのではないかと考えます。シンメトレルは製品名で、薬剤名はアマンタジンといいます。これは急激に量を増減したり、突然使用を中止するなど使い方を間違えると、副作用として悪性症候群を引き起こすことがあるんです。だから……」

「そんな……」

永井が言い終わるのを待たず、仲枝が割って入った。

「充にも処方されています！　シンメトレル……。でも病院は、高熱や痙攣についてもただ、『急に熱がでた』『何をしても治らなかった』の一点張りだった。解剖してもわからなかった、と……。もしそのシンメトレルというのが原因だったら、医療過誤、医療事故じゃない！」

加代も永井に問いかける。

「先生、これは、防ぎようのない薬の副作用なんでしょうか。それとも、うっかりして使い方を『間違えた』んですか？　あるいは……」

「わざと、っていうこともあるよな。あいつら、臓器が欲しくてたまらないんだ」

間髪を入れず、ズバリと言ったのは衣笠だった。

永井は神妙な面持ちである。

「もし裁判で争うとして、それを明らかにするのは非常に難しいでしょう。アマンタジンは、副作用として悪性症候群に陥る反面、一方では悪性症候群の治療薬にもなりうる。そのくらい匙加減が難しい。でも、だからこそ処方後の経過観察の杜撰さについては、争うことはできると思います。とりわけ悪性症候群の症状が顕れた場合、早急に患者をＩＣＵに移すなど、徹底的な管理が必要なんです」

仲枝がうなだれた。

「うちの子は、充は、汚い八人部屋で……ドクターは来なかった……」

まさ子は思わず声を上げる。

「え？　どういうこと？　ドクターが来ないって……」

仲枝はまさ子の方に顔を向けた。

「私も永井先生の協力で、カルテと、それから亡くなる日の〈経過観察表〉というのを開示させたの。加代さんと同じで、ドクターの書いたカルテはミミズがのたくったような字で横文字もあって、私も全然読み込めなかった。でも、経過観察表の方はナースが書き込んでいて、字は細かいけれどそれなりに読めるのよ。ほら、見て」

仲枝はA3の紙を取り出し、広げて見せた。いつも持ち歩いているのか、いくつもの折り目がついている。

「充が息を引き取るまでの三時間四十八分の記録。あの子が最後まで生きようとした証……」

仲枝は指で文字を指しながら、〈観察表〉に書いてあることを読み上げていった。

「『午前零時。体温四十度。尿失禁あり、呼名反応なし。モニター装着。時折部分痙攣か悪寒戦慄あるも、様子みる』。熱が四十度よ。名前を呼んでも反応なしよ。この状態で〈様子みる〉なのよ！　それから三十分経った午前零時半。『全身痙攣持続出現あり、チアノーゼ気味、ドクターコール、状態報告』」

「そこまでドクターが来なかったということね」

まさ子の言葉に、仲枝は首を振った。

「ううん。それでもドクターは来ない。この後、『ドクターの指示でホリゾン五ミリ注入』とあるでしょ。これはナースがやってるの」

「何で来ないんだ？　ドクターは！」

衣笠が苛立った声を出す。

「見せて」

喜美子が血相を変え、充の〈観察表〉を奪うようにして取り上げ、まじまじと見つめた。

「ホリゾン、うちの夫も使われてました。ね、先生」

永井はうなずく。

「多量に処方していました。あれは呼吸を抑制する作用があり、久本さんの旦那さんのように気管切開をして呼吸管理をしている場合、慎重の上にも慎重が必要なんだが」

「でも先生、調べたらホリゾンって向精神薬じゃないですか。そんなものを、なぜ処方するのかしら」

「たしかに精神疾患のための薬ではありますが、最近は痙攣を抑える薬としても使われています。でも、脳神経疾患のある人には、リスクが高まるんです。問題は、ここ。見てください。ナースはドクターの指示を受けて、四十分の間に二度ホリゾンを打っている。いくら痙攣があるといっても、短時間で二度、それも通常の倍量処方するのは、普通、ない。筋肉を弛緩させるという意味では、これは安楽死レベルといっても過言ではない量ですよ」

「……充は殺された。やっぱり殺された」

伸枝の目は憎しみにあふれていた。

「病院は、充の臓器が欲しくて、殺したのよ！　私は絶対に全てを明るみに出してみせる。

あの織田っていう医者、絶対に許さない」

加代もうなずく。

「伸枝さんの気持ち、わかります。さっき、座間先生がおっしゃっていたじゃないですか。臨終を静かに迎えることこそ〈生命をまっとうする〉ということだって。最期を看取るところまでが医者の仕事だって。もしそうしてくれていたら、私はこんなに苦しまなかった！病院のことも、ここまで恨まなかったと思います。私はただ、あの人を、静かに逝かせてあげたかった……」

皆、黙りこくった。それぞれの胸に、それぞれの悲しみが広がる。愛する人を理不尽に失った苦しみは、時を経ても消えることはない。

「あの……」

まさ子がおずおずと声を上げた。

「あの、皆さんは途中で病院を変えるようなことは、お考えにならなかったんでしょうか。さっき松下さんも転院した方がいいとおっしゃってくださいましたが、私は今、転院しようかどうしようかとても悩んでいて……」

「転院したいと思っているなら、転院したほうがいい。俺の息子の場合はあっという間だったんで、おろおろしている間に全てが終わってしまいましたよ。もう少し、生きていてくれたら、俺は絶対病院を変えた」

衣笠は無念さを滲ませた。

伸枝も賛成する。

「私も、もっと早くに気づくべきだった。あなたはまだ間に合うわ」

永井が言った。

「患者さんのご様子によっては、いきなり転院というのも難しい場合がありますので、そのあたりも含め、セカンド・オピニオンとして聞いておくのはいかがですか？　今の方針とそれほど変わりがなければ、安心できるでしょう？」

「セカンド・オピニオン……透を、息子を連れて行かなくても、お医者さんは診断をしてくださるんでしょうか？」

「そうですね……。お母さんがお話しになるだけですから、あまり具体的なことは言えないかもしれません。カルテなどを借りられれば別ですが」

「それは、無理です」

別の病院に転院したいからと言ってカルテを借り受けることなど、絶対にできない。

「記録のようなものはありますか？　これまでの経過がわかるような」

「私の日記のようなものでもいいんでしょうか」

生死の境を彷徨っている我が子の病床で、まさ子は「今日が最後かもしれない」という気持ちで日記をつけていたのだ。

「ええ、それを持っていくといいと思います。もし余裕があれば、年表のように時系列の表のようなものを書いておくと、さらに親切ですが、無理はなさらないように」

そうは言っても、どの病院に行けば良いのか。もはやどこの病院であっても、信用できないような気がしてきた。

心の不安を何とかしたくて思い切って参加したシンポジウムだったが、不安は解消されず、かえってどんどん募るばかりであった。

第七章　拘束

一九九二年三月。達也が退院することになった。

「透先輩、頑張ってね。俺も頑張る」

達也は留年が決まっていた。

「俺も当分は通院してリハビリだから、リハビリセンターではまた会えるよ。体操部復帰にはまだ時間がかかりそうだけど、いつか絶対カムバックしてみせるぜ！」

そう言うと、達也は透の手をガッチリつかんだ。

「ありがとうね、達也くん。達也くんがいてくれて、透もとても心強かったと思うわ」

それはまさ子の本心だった。まさ子が付き添わない日も、達也と二人だと思えば安心だった。

ナースステーションに挨拶に行っていた母の友美が戻ってきた。

「お世話になりましたー。達也、透くんと同室で、よかったね！　ま、よかったのは、あたしなんだけど」

相変わらず、屈託のない笑顔を振りまいている。

「これ、よかったら使って。持って帰るの大変だから」

そう言って、友美は冷蔵庫を開けた。アイスやジュースが入っている。まさ子はありがたく受け取ることにした。

「お元気で」

「透ママも。まだまだ大変だと思うけど、頑張ってね。透ママなら、絶対大丈夫だから！」

「……そうかな」

「母は強し、だよ！　そうそう、だけど、アレは絶対しておくんだよ。特に、次の人が入ってくるまでは、個室状態で目が届かなくなるから」

「そうね。アドバイスありがとう」

「じゃあこれで！」

友美は達也を連れ、晴々とした顔で病院を後にした。

友美たちと入れ違いに、若いナースが入ってくる。

「吉田さんは……」

「あら、もう退院されましたよ」

「……どうしよう……」

「何か、忘れ物でも？」

「いえ。先ほどご挨拶にいらしたんですが、これを。いただけないって言ったんですけど、置いていってしまわれて……」

ナースは白い包みを見つめ、戸惑っている。まさ子は一目で、それが「付け届け」だとわかった。

「最後に感謝の気持ちでお渡しになったのでしょうから、受け取ったらいかがですか？」

「それじゃ規則違反です！」

「……でも、達也くんのママがそういうことをするのは、初めてじゃないし……」

「そうなんですか？」

若いナースは心底驚いたように、目を丸くした。

「じゃ、誰かが受け取ってしまったということですか……」

困惑するナースに、まさ子は声をかけた。

「あまりお見かけしませんけど、新しいナースさん？」

「はい。板野と申します。よろしくお願いします」

「こちらこそ、よろしくお願いします。城田です。この子は、息子の透。ところ変わればなんとやらで、今までと勝手が違うことがあるのかもしれませんね。でも私は、板野さんの、そういうまっすぐなところ、素敵だと思います」

まさ子の言葉に、板野はほっとしたような笑顔を見せた。

「私、精一杯お世話いたします。ご心配事とかありましたら、どんなことでもおっしゃってください。あ、そうだ、まだお会計してるかもしれないですね！　私、行ってきます。失礼します！」

そういうと、板野はくるりと背を向けて、病室から出ていった。

その日の午後、まさ子は透をリハビリ訓練室に連れていった。透の日課は、マッサージから始まる。次に自呼吸の訓練、最後に最も負荷のかかる立位保持。今日も広澤がつきっきりだ。

「城田さん」

奥井の声がした。

「あら、奥井さん。いつもと格好が違うのね」

奥井は珍しく背広を着ていた。

「実は、今月いっぱいでここを辞めるんです。もう年休消化に入ってて、今日は挨拶回り」

「え？　ＰＴを辞めるの？」

「いえ、転職です」

「そう。……どこの病院？」

「T療養センターです。前から希望をしていて」

「お給料がいいのかな？」

まさ子が茶化してそう尋ねると、奥井は真面目な顔で答えた。

「違います。PTの地位の問題です。ここでは、言われたことしかできないから。T療養センターは、チーム医療の体制がしっかりしていて、PTの意見も取り入れてくれるんですよ。僕、透さんのことだって、……また怒られちゃうかもしれませんが、正直言って、今のやり方を続けていていいのかって思っているんですよ。そういう気持ちを、ドクターが対等な立場で受け入れてくれる、せめて検討してくれる、そういう職場で働きたいんです」

「T療養センターには、そういうお医者さんがいらっしゃるの？」

「はい」

まさ子は思い切って聞いてみた。

「一度、透のことを相談に行こうかな。リハビリを始めてもう一年半でしょ。最近、あまり進展がないし。セカンド・オピニオンっていうの？　気持ちはあるんだけど、どこに相談したらいいかわからなくて」

奥井はまさ子の気持ちを察したようだった。

「ちょっと待っててください」

しばらく経つと、奥井はT療養センターのパンフレットを持って戻ってきた。

「これ、差し上げます。自分は、ここの瀬島先生に惚れて転職を決めました」

「ありがとう」

「療養センターは一般的な病院と違うので、今の透さんの病状に適しているかはわかりません。でも、透さんの先々のことを考えれば、一度見学にいらっしゃるのも無駄じゃないと思います」

まさ子は、奥井の気持ちがうれしかった。

「私、奥井さんに会えて、本当に救われたの。奥井さんには物足りない職場だったのかもしれないけど、私にとって奥井さんのいるこの訓練室は、心のよりどころだった。きっと透もそうだと思う。そのことは忘れないで。ここで働いてくれて、ありがとう」

「城田さん……こちらこそ、ありがとうございました！」

奥井は深々と頭を下げた。


その夜、まさ子は幹雄にT療養センターのパンフレットを見せた。

「一度行ってみようと思うの。そんなに遠くないし」

「どうして行くんだ？　今の病院に不満でもあるのか？」

「不満……ってほどじゃないけど……でも、このままじゃ」

「他の病院へ行ったら、また一から検査したりするんだぞ、透もかわいそうじゃないか。第一、これまでの経緯を知らないところに行って何の得がある？」

　まさ子は意を決して、充の母親のことを話した。案の定、幹雄は鼻で笑った。

「そんなことがあるわけないだろう？　そりゃ、その人は気の毒だよ。だが妄想にもほどがある。水道管？　何だよそれ。お前、それを信じたのか？　そんなことで、病院を変えようっていうのか？　ここまで治してもらっておいて」

「だから、すぐに転院しようっていうんじゃないの。他のやり方があるかどうか、知りたいだけよ。リハビリのＰＴさんだって、このままでいいとは思わないって、わざわざ言ってくれたんだから」

「そいつ、なんかトラブルがあって辞めさせられたんじゃないのか？」

「何言ってるの？　そんな人じゃない。奥井さんが辞めて、一番困るのは透なのよ。いっつも明るく接してくれて。達也くんだって退院してしまった。今日はあの病室に一人きり。透がかわいそう！」

　今まで溜め込んできた不満や不安が一気に流れ出し、気がつくと、まさ子は悲鳴にも似た怒鳴り声を上げていた。

「……何をそんなに怒っているんだ？」

幹雄はけげんそうな顔をして戸惑っている。

「あなたは、病院に行かないから。毎日行ってる私には見えて、あなたには見えないことがあるのよ。あなたみたいに杓子定規に、完全看護だ、付け届け禁止だ、プロに任せろじゃ、どうにもならないこともあるのよ！　私の気持ち、何もわかってない！」

今度は幹雄が爆発した。

「わかってないのはお前の方だ！　俺がどれだけ頑張って入院費を工面してると思ってるんだ！　これ以上、どうすりゃいいんだよ！　付け届けなんかする金があったら、入院費に回してくれよ！　稼いでるのは俺なんだぞ！」

そう言い捨てて、幹雄は二階に行ってしまった。まさ子はリビングで、声を上げて泣いた。

（稼いでるのは俺だ、って、どういう意味？）

それを言うなら、付き添っているのは私なんだ、とまさ子は思った。二人で役割分担をしている、と言い聞かせていたが、たかが数千円の付け届けに使う金にまで文句をつけられる身分なのかと思うと、あまりに自分が情けなかった。

（やっぱりお母さんの言う通りだった……）

結婚して金沢を離れる時、母のタキが言った言葉が思い浮かんだ。タキは何度も念を押した。

「いい？　東京に行ったら、職を探しなさい。塾の先生でもいい、家庭教師でもいいから。女はね、手に職を持っていないと不幸になるのよ。だから大学にも通わせたし、教職も取らせた。それなのに、専業主婦になるなんて。働き口を見つける前に子どもが生まれたら、それこそ専業主婦になるしかない。いいわね、教職に関係ない仕事でもいい。少しの時間でも、家でやる仕事でもいい。すぐに職を探すのよ」

タキがそこまで「職」にこだわるのには理由があった。職業軍人だった父は、戦後数年間、公職追放の憂き目にあった。そのためタキが、得意の裁縫や着付けで家計を助けた。その時の体験から、まさ子には口を酸っぱくして「経済的に自立しなさい」と言っていたのだった。

（でも、もし仕事を持っていたら、透のそばにはいられない）

まさ子は充の母・伸枝を思った。達也の母の友美も、本当はもっと病院で、息子を看病したかったはずだ。

（透のそばについていられて、私は幸運なのかもしれない。あの人が入院費をなんとかしてくれるのを、当然と思ってはいけない……）

しばらくして、幹雄が階段を下りてきた。台所で水を一杯飲むと、まさ子に言った。

「確かに、セカンド・オピニオンは大切かもしれないな」

「え？」

「一人で行けるか？　俺は仕事があるから車を出せないが、大丈夫か？」

まさ子は目頭が熱くなった。

「うん。ちゃんと話を聞いてくる」

「頼んだぞ」

「うん……」

「早く寝ろよ。疲れてるんだろうから」

「うん……」

幹雄はまた、二階へ上がって行った。階段を上がる疲れた足音が、まさ子の胸に響く。夫もまた、苦しんでいるのだ。

（一緒に頑張らなければ。私は今、透の看護で手一杯で、職業を持って経済的に自立することなど不可能だ。せめて、気持ちだけでもしっかりと持とう）

まさ子は、とにかく一度、T療養センターに行ってみようと思った。

＊＊＊

Ｔ療養センターは、Ｔ市の郊外にある。最寄りのＪＲ駅からは、バスで15分くらいかかる。敷地は広く、建物も低層で、Ｕ総合病院に比べるとゆったりとしていた。できて十年というだけあってまだ新しく、ロビーも広い。パンフレットに「バリアフリーを徹底、弱者に優しい環境を整備」とあったが、単なる飾り文句ではないと感じた。

まさ子は総合案内に行き「リハビリ施設の見学を予約した城田です」と申し出た。いきなりセカンド・オピニオンを、というのは気が引けたのである。とにかく、奥井が転職したいと思った職場を見てみよう、奥井がもう働いているかもしれないし、うまくすれば、瀬島という医師にも会えるかもしれない、と、そんな期待もあってのことだった。

Ｔセンターのリハビリ施設は一階である。

（Ｕ病院の訓練室も広いけど、ここはもっと広く感じる……）

それには理由があった。一面が床から天井までの、大きなガラス仕様の窓だったからだ。その大窓には緑地が面していた。花壇と遊歩道になっていて、介助付きでそこを歩く人たちもいる。北向きなのか、日射しは入ってこない。が、早春の陽光が照らす緑は訓練室からよく見え、まさ子の気持ちを明るくした。

「あれ、透くんのお母さん？」

「奥井さん！」

思惑通り、奥井に会うことができ、まさ子はほっと息をつく。

「城田さん、行動が早い！　瀬島先生のところですね？　もう会われました？」

「いいえ、今日は見学と思って……本人が来られるわけでもないし……」

まさ子は言葉を濁す。

「そんなこと言わないで、もっと自分の気持ちに正直になりましょうよ。今、先生に連絡しますから。今日はお時間あるんですよね？」

「ええ……」

奥井がリハビリ室の隅で電話をしているのを見ながら、まさ子は胸が苦しくなるのがわかった。

（本当は、怖いの……）

確かに、セカンド・オピニオンが欲しくてここに来た。それは事実だ。だが、どんなセカンド・オピニオンがもらえたら、安心できるというのだろう。

（もし、今のままでいいと言われたら、ほっとするけれど、何も変わらない。もし、間違っていると言われたら、これまでの頑張りは何だったのか。今からではもう遅いなんて言われたら、どうすればいい？　何を言われても、私は怖い……）

「城田さん、ラッキー！」

奥井が笑顔でそう叫んだ。

「三時からの予約が一件キャンセルになってるから、話だけなら三十分くらい聞けるって。今、診察室までの道順を教えますね。まずは受付を通してほしいということです。保険証持ってます？」

「はい」

「よかった。三時まで時間が空きますが、二階にカフェがあるんで、そこでランチでもしてるといいですよ。結構美味しいです。図書コーナーも同じフロアにあるから、そこでも時間潰しできる。ここ、周りに何もないから、センターの中にいろいろあるんですよ」

「いろいろ手助けしてくださって、細かいところまで教えてくださって……突然来たのに、本当にありがとう」

「何てことないですよ、気にしないで！　それにしても、城田さんラッキーです。こういうチャンスは逃さないことが肝心！」

奥井の「ラッキー」という明るい声に、まさ子は背中を押される思いだった。

（そうだ、ここまで来たんだから。もらったチャンスは逃してはいけない）

まさ子はリハビリ室を後にし、奥井の勧めたカフェに落ち着いた。リハビリ室同様、窓が大きく緑が見える。飲み物から食事まで、バラエティに富んだメニューにまさ子はびっくりする。店内もかなりゆったり作られていて、車椅子で食事をしている人も多かった。

「病院の中の食堂としては、すごく充実していますね」

食事を運んで来たウェイトレスにそう言うと、彼女はにっこり笑って答えた。

「皆さん、驚かれます。これもセンターの考え方で、車椅子とか、体が不自由でなかなか外食ができない患者さんやそのご家族に、気兼ねなく美味しいものを召し上がっていただこうというところから始まっているんです」

「そうよね。テーブルとテーブルの間が狭いだけでも、お隣の人に迷惑がかかるんじゃないかって気兼ねするし」

「ここら辺はあまりお店がないので、近所の人もよく利用されています。それで料金は少し高めに設定して、入院患者さんやスタッフには割引券を配っています」

「いろいろ考えられているのね」

「ごゆっくりお召し上がりください」

まさ子はハンバーグ定食を食べながら、こんなしっかりしたフォークとナイフを持つのは久しぶりのことだと気づいた。透の事故以来、誰かと外食をすることなど皆無だ。

（いつもパンとかを買ってベッドの横で。外食するとしても、ラーメンとか、とにかく早く食べられるものだった。家での食事だって、コロッケ買ったり、お刺身買ったりで済ませて、副菜なんか考える暇もなく。……ゆっくり楽しんで食事をするなんてこと、なかった。この前病院に来た順ちゃんが私を喫茶店に誘い出してくれたのには、私をリフレッシュさせようという気持ちがあったのね。「甘いものを食べよう」って、そういうことだったんだ……）

そのことにすぐ気づけないほど、自分には余裕がなかった。改めて、まさ子は順子に感謝した。

瀬島の診察室は、三階である。ドアを開けると、診察室自体は他の病院とあまり変わらず、診察用のベッドと丸椅子、奥に医師の机と椅子があった。

「城田さんですね。瀬島です」

瀬島は想像したよりずっと年配だった。メガネをかけた白い顔は童顔だが、目尻の皺は深く、頭は白髪まじり。まさ子はなんとなく、新しい病院で、チーム医療という新しい概念で医療を目指すのは、新進気鋭の若手だ、と思い込んでいたのだ。瀬島はすぐに本題に入った。

「奥井から聞きました。息子さんは一九九〇年七月の交通事故で脳挫傷ということですね」

「はい」

　まさ子は、数枚の紙を差し出した。それは、事故以来、毎日のように記録していた日記を、永井弁護士のアドバイス通り、時系列に要約したものである。瀬島はじっくりと読んだ後、まさ子の方を向いた。

「お母さん、よくまとめられましたね。そして大変ご苦労されましたね」

　ねぎらいの言葉は、まさ子の胸にしみた。

「あの……今のままでいいのでしょうか。それとも、こちらのお世話になった方がいいのでしょうか」

「まず、今のU病院と私どもの療養センターは、医療の目的が異なるということをご理解していただく必要があります。透さんは交通事故に遭って、U病院の救急センターに運ばれ、応急処置をし、脳外科の手術をし、ICUにも入られた。そういう急性期の治療は、療養センターではやらないのです。一旦病状が落ち着いて、長期的なケアが必要と認められた時に療養センターの出番となります。だから病床あたりのナースの数も、必要な医療設備も異なります」

「そうなんですね……」

「ですから、うちとU病院を単純に比べることはできないのです。そこはご理解ください。

U病院の先生方は、できる限りのことをなさっていると思いますよ」

まさ子は、少しほっとした。

「その上で、お母さんにお尋ねしたいことがあります」

「はい」

「お母さんは、透さんがどうなったら『治った』と思えますか？」

「どうなったら……」

「今の病院を退院されるときの透さんのイメージです」

「イメージ……」

「現在、透さんは主にリハビリによる立位保持や自呼吸回復に向けての機能訓練をなさっている。そんな透さんが退院するときは、言葉でコミュニケーションできるようになり、自呼吸ができて、歩いて退院する。それがゴールとお考えでしょうか」

「それは……ちょっと無理かもしれません。歩くのは無理だと思います」

以前、奥井が言った言葉を、まさ子は思い出していた。

（あまり期待しすぎてはいけない、リハビリとは、事故の前の体に、一〇〇％元に戻すというものではない。……奥井さんはそう私に釘を刺した）

「車椅子でいいんです。歩けなくても、行きたいところに連れて行ってあげたい。……言葉は、少しでも喋れるようになってくれたらうれしい。だけど喋れなくても、意思の疎通ができるようになれたらいい。あと、口から食べられるようにしてあげたいんです。美味しそうに食べるんですよ、だけど、それはダメだって、いつまでも流動食で……」

話しながら、まさ子は自分が透に何を望んでいるのか、今、はっきりわかったような気がした。

「私は、あの子が楽しく過ごせるようにしてあげたい。ただ、それだけなんです。好きなものが食べられて、好きな友達と会えて、好きな絵が描けて……できれば家で生活させたい。それが私の願いです」

瀬島はうなずいた。

「透さんは、絵がお好きなんですね。リハビリにはPTとOTの二種類があって、OTは作業療法士ともいうんですが、絵を描いたりするのもリハビリの一種なんですよ。彼なりのゴールに向けて、リハビリの方向性を少し変えるのは、今の状態ならできるように思われますね。ですが……ネックになるのは、自呼吸の回復でしょう」

「自呼吸……」

「これは、ご本人の状態を見ないことには何とも言えませんが、気道確保はもっとも重要です。先ほど申し上げたように、うちのセンターは、急性期の治療が必要な患者さんには不向きなんです。現在透さんは、すでに外科的治療は行っていませんので、その点では受け入れ可能です。でも自呼吸ができない場合、程度にもよりますが、緊急の治療が必要になる可能性はある。その時、場合によっては迅速に対応できない場面も想定されます。現在スピーチカニューレで訓練をしているということでしたら、もう少しそちらで治療を続けられてはいかがでしょうか」

「自呼吸ができなければ、転院は無理、と……」

「そんなことはありません。ただ、細心の注意が必要だということです。一年半以上もカニューレを入れたままだと、喉の筋肉も衰えてきますので、スピーチカニューレにしたからと言ってすぐに言葉は発せられないかもしれません」

（いずれにしても、この医師は、すぐに転院するのは難しいと言っているんだ……）

まさ子の落胆を察し、瀬島は付け加えた。

「自呼吸が安定していない場合でも、医師同士で連絡を取り合いながら、しっかりと状況を把握すれば転院は可能です」

「……まだ、転院を希望していることは言っていないので……」

瀬島はうなずく。

「そこは気を遣われますよね。お母さん、焦らないでください。うちのセンターとしては、ご本人の診察、あるいは現在の主治医の先生とお話ができてカルテの共有も可能であれば、いつでも転院に向けて進めていくことはできます。今日おいでになったことで、こちらにカルテができましたから、転院するとなればスムーズです。そちらの準備が整いましたら、ご一報ください」

「ありがとうございます」

「でも、もし、もしもですよ。城田さんが今の病院から一日でも早く転院したい、ということであれば、うちのような療養型の病院ではなく、まずは今と同じような一般型の、緊急を要する事態にも対応できる病院への転院をお考えになってはいかがでしょうか」

「……」

「転院を考えるに至るには、いろいろなことがあったと思います。ギリギリの状態でいらしたのでしたら、他にも選択肢はある。お決めになるのは患者さんです」

「わかりました。ありがとうございます」

まさ子はそう言って診察室を出たが、心の中は曇ったままだ。何も解決はしなかった。

(私は一体、何を期待してここに来たのだろう？)

まさ子は自問した。

(何か魔法のような言葉が出てきて、今の自分の不安を全て吹き飛ばしてくれるような、そ

んなことを、私は瀬島先生に期待していた。でも、そんなものはなかった)

普通の話だ。一般論だ。順子も、永井弁護士も、そして瀬島医師も、誰に聞いても結論は「自分で考えろ」であり、「こうすればいい」とは言ってくれない。

(そして結局、あそこにいる他ないいんじゃないか)

転院したくて相談したのに、気がつけば、まさ子からその気が失せていく。

(だって、「いい」と言われる病院に、セカンド・オピニオンを求めて片っ端から訪れるわけにはいかない)

透の看病を抱えて、まさ子にできることは少なかった。

(考えてみれば、充くんのお母さんや勉強会で出会った人にいろいろ聞かされて、私の頭が心配で膨らみすぎていたのかもしれない。知識や情報が多くなればなるほど、不安が増してかえって苦しい。そうよ、これまで透に何か害があったわけじゃない。ちゃんとよくなっているじゃないの。もっとお医者さんを信用しないと。瀬島先生も言っていた。今までの治療は間違っていなかったって!)

U病院を信じて頑張るしかない。その方が、今よりずっと楽! 一抹の不安を抱えながらも、まさ子は改めてそう思うのだった。

Tセンターを出ると、学校が近くにあるのか、五時を知らせるチャイムの音が夕暮れの空に響く。緊張から心身ともに疲れたまさ子は、そのまま家に帰るつもりでいた。しかし電車の窓から、暗闇の中に明るく照らされたU病院の看板が見えた時、やはり少しだけでも透の顔を見ていこうと思い立った。

すでに面会時間は過ぎていたが、まだ入院棟への入り口は開いている。病室も、同部屋の達也が退院して今は個室状態で誰に気兼ねすることもない。まさ子は気軽な気持ちで病室のドアを開けた。

すると、ガチンガチンと異様な音がする。

ベッド周りのカーテンを開けたまさ子が見たものは、透の凄まじい形相だった。

「透！」

見ると、両手がベッドの柵に縛られている。

「どうしたの？　なんで縛られてるの？」

ガタガタと体を揺らしているその足元をみれば、両足も括られているではないか。

「何があったの？　どうしたの？」

まさ子はナースコールを押そうとしたが、ナースコールが見当たらない。まさ子は病室を出て、ナースステーションに駆けつけた。そこには誰もいなかった。

「すみません、城田です、息子が、息子が！」

大声を出すと、ようやく他の病室にいた板野が戻ってきた。

「城田さん……」

「うちの子が縛られてるんです。何があったんですか？」

「あの……」

そこへ、もう一人、ナースがやってきた。ベテランナースの藤井だ。

「もう面会時間は過ぎてますよ」

「わかってます、ちょっと顔を見てすぐに帰ろうとしたら、そうしたら縛られてて」

「息子さんが暴れて、いろいろなチューブが外れそうになったんです。ですので、やむなく拘束させていただきました」

「何で暴れたんですか？」

「わかりません」

藤井の答えは素っ気ない。

その時、ステーションからピコンピコンとナースコールが響いた。若いナースの板野が、すぐに駆けていく。藤井が迷惑そうに言った。

「夜はナースの数も少なく、当然巡回の回数も少なくなります。透くんのチューブが頻繁に外れるようだと、すぐに対応できなければ命の危険がありますから、止むを得ない処置だとお考えください」

話している間にも、新たに別のナースコールが鳴り出した。

「ご覧の通りです。私も行かねばなりません」

「……お忙しいのはわかりました。息子のことを考えてのことだということもわかりました。では、私にもう少しここにいさせてください。私がいる間は、拘束を外していいですね。暴れないように言い聞かせますので」

まさ子がそういうと、藤井は仕方ない、というようにうなずいた。

「消灯時間になったらうかがいますので、それまでどうぞ」

響き渡るナースコールを切り、「どうされました?」と応答する藤井を尻目に、まさ子は病室へと急いだ。

「透、お母さんがすぐに外してあげるからね」

まさ子はまず足の拘束ベルトを外した。ベルトはベッドと足だけでなく、足と足もつながっていて、両足をハの字に広げることすらできない。次に手の拘束を外す。ベルトは一応、幅広でクッション性のあるものではあるが、それでも力一杯抵抗すれば、皮膚は擦れる。(一体、何時間暴れていたのか……)

まさ子は赤く腫れた透の手をさすりながら、涙を流した。

「おかあさん、おかあさん」

透の口がそう言っている。空気が抜けて言葉にはなっていないが、確かにそう叫んでいる。

「お母さんよ！　お母さんがいる間は、外してあげられるからね。もう大丈夫よ」

透は少しずつ落ち着いてきた。しばらくすると、拘束に抵抗し続けた疲れからか、目を閉じ、やがて寝息が聞こえるようになった。

透の寝顔を見ながら、まさ子は涙が止まらない。

（なぜこんなことに……）

トントン、とノックの音が聞こえる。入ってきたのは、若いナースの板野だった。

「城田さん、大変申し訳ないんですが、消灯なので……」

消え入るような声だった。

「眠っているんです。暴れないから、縛らないでください」

「お気の毒です、でも」

「今夜は私がついています。暴れたら、私が手を押さえますから」

「……本当は、私たちがそれをしなければならないんです。それはわかっているんです。わかっているんですが、……本当に、本当に、ごめんなさい」

板野は身を二つに折って頭を下げた。

(この人も、辛いんだ……)

まさ子は板野に場所を譲った。板野はまず、足の拘束バンドを装着した。

透が目を覚ます。まさ子は透の目を見つめながら、優しく声をかけ続けた。

「透、消灯だから、お母さんは帰るよ。また明日来る。一番に来る。だから、その間は少し不自由だけど、我慢してね。暴れると、かえって腕や足が痛くなるから、おとなしくしようね。明日、できるだけ早く来るからね」

板野が両手の拘束も始めた。透は体を緊張させ、哀願するような目でまさ子を見つめた。

両手の拘束が完了すると、まさ子は再び透のそばへやってきた。

「ごめんね、ごめんね」

まさ子は透の髪を何度も撫でつけ、額に額をつけながら泣いた。まさ子の涙が透の頬を伝う。すると透は身体中の力を抜き、拘束に抗うのを止めた。

まさ子は縛られた透の体を抱きしめ、そしておやすみを言うと、病室を出た。

(転院させる)

まさ子は決意した。

第八章　急変

翌朝、まさ子はすぐに主治医の坂本のところへ行った。診察があるから、と会うのを渋る坂本に、五分でも十分でもいいから、と無理を言い、診察と診察の合間に時間を取ってもらった。坂本の脇には、ナースの藤井が控えている。すでに昨日のことは坂本の耳に入れてあるのだろう。まさ子は単刀直入、本題に入った。

「なぜ拘束なんかするんですか？」

「患者の安全第一です。それが病院の義務です。そのためには仕方がないこともある。ご理解ください」

「透は暴れたりなんかしません。もし人手が足りなくてどうしても心配なら、私が泊まり込みます」

「いや、それはあなた一人の問題ではないので」

坂本は、いつになく口調が厳しい。

「病院としての方針ですから、そういうわけにはいかないんですよ。面会時間を過ぎても消灯までいていいというのだって、かなりの特別扱いですから、これ以上は」

ここで引き下がっては、何も変わらない、とまさ子は思った。

「息子を縛るために、差額ベッド代を出してるんじゃないんですよ。六人部屋より環境がいいからって二人部屋にしたんですから。今のままが続くなら、転院します」

「転院？」

案の定、坂本の顔色が変わる。

「でも自宅療養をご希望とおっしゃっていましたよね」

「はい。でも、まだ自宅療養は無理でしょう？　それなら他の病院で、少なくとも縛られない病院で、過ごさせてやりたいです」

「どこへ？　……具体的に、どの病院というのは……」

「まだ決めてません」

それは嘘だった。が、今、T療養センターの名前を出すのは、なんとなく憚られた。

まさ子は、坂本が少しほっとした表情になったような気がした。

「転院するにも、まずは自呼吸は回復させたいです。リスクが減りますからね」

坂本は言った。それは誰もが口にすることだ。だがまさ子は、瀬島が言った言葉を忘れていなかった。

（ご本人の診察、あるいは現在の主治医の先生とお話ができてカルテの共有も可能であれ

ば、いつでも転院に向けて進めていくことはできます）

あの時は、それが「転院不可能」と言っているように聞こえたけれど、今は「可能だ」と聞こえる。

「そうですね。自呼吸の回復を一番に考えてください。私は、転院先を考えます。先生、転院先を決めるにあたって、カルテを見せていただけますか？」

「え？」

「透の病状がわからなければ、転院先の病院も、自分の病院で受け入れられるか判断できないでしょう？　もちろん、透本人を連れて行けるなら、それでも構わないんですが、同じような検査を何度もやらせるのは透がかわいそうだって夫が言うものですから」

「はあ。病院によってはそういう制度があるところもあるみたいですが……」

坂本は、藤井の顔色を窺う。藤井は無言で前方をじっと見つめている。その視線は何か言いたげな坂本をピシャリと拒否していた。

「ここではまだ、今のところないかな」

（結局、坂本先生はナースや事務員の言いなり。二人部屋に移るときだって、そうだった）

まさ子にはそう感じられた。

「もちろん、転院先が決まれば、紹介状をお書きしますが」

それが精一杯、というように、坂本は付け加える。

「そのときは、どうぞよろしくお願いします。とりあえず、私は透が縛られる時間を最小限にするため、出来る限り付き添います」

まさ子はそう言い放ち、席を立った。

その日から、まさ子は毎日朝八時から夜九時まで、一日も欠かさず病院で過ごすことにした。家のことはいよいよそっちのけになるが、夫の幹雄は文句を言わない。幹雄にとっても、透の手足拘束は衝撃だったのだ。一分でも長く手足を自由にさせてやりたいまさ子の気持ちは、幹雄の気持ちでもあった。

まさ子は一日中、ナースたちが透に何をするのかを注意深く観察し、見逃すまいと思った。透の尊厳を傷つけるような行為は、絶対許さない。それがまさ子の決意だった。毎日の透の世話は、ナースの中でもおもに板野が担当している。板野はよく透に話しかけ、まさ子にも笑顔で対応した。そのひたむきさは、まさ子の心を溶かしていった。一方、ベテランナースの藤井も時々やってくるが、相変わらず能面顔だ。動作はキビキビしているが、それは「処置」であって「ケア」ではない。そんなふうに思えた。

数日後、ナース長の木村が、見慣れない医師を伴ってやってきた。

来だ。


「城田さん、お久しぶりです」

ナース長と会うのは、入院直後、リカバリー室でＭＲＳＡが流行り、転院を申し出た時以来だ。

（この人、私が「転院する」と言い出すと、やってくる……）

ナース長が医師を紹介した。

「織田先生です」

まさ子は心臓が止まりそうになった。

（……充くんの、主治医……）

「織田です。坂本の上司にあたります」

精悍な顔をしたエネルギッシュな医師だ。表情はにこやかだが、目の奥は笑っていない。

「このたびは拘束のことで、とてもご心配をおかけしてしまい、申し訳ございません。きちんとご説明をせず、緊急避難的に始めてしまったことを、心からお詫びします。また、今もお母様に付き添っていただいて、ご負担をおかけしていることも、申し訳なく思っております。病院は一応完全看護ということになっておりまして、一日二日はともかく、危篤状態とかそういう場合を除き、面会時間を過ぎても毎日付き添っていらっしゃるというのはちょっと……」

「私だって、こんなことしたくありません。とにかく、拘束だけは止めてほしいんです。夜も拘束を止めていただければ、転院は考え直します」

「では、拘束の他には、当院へのご不満はない、ということですね？」

「転院というより、自宅に早く帰させたいです」

「そうですよね、長い入院は、患者様にもご家族にもご負担が大きい。坂本も、もっとテキパキやらないと」

（テキパキって、どういうこと？）

織田の言葉に、まさ子はどうしても引っかかるものを感じてしまう。

「お母さまもお疲れのことでしょう。でも、自宅療養というのも、ご家族にとってもかなりの負担ですよ。ご子息は、延髄を損傷していて、呼吸が……」

「そのお話は、以前から聞いています」

「ですから、自宅療養というよりは、完全看護の医療機関で……」

「だから。だから、透が安心して楽しく過ごせるのであれば、場所は問いません。縛るって、考えられない」

「わかりました。検討させていただきます」

織田は、拘束を外すとも外さないとも、まさ子の付き添いを許可するともしないとも言わず、ナース長と一緒に病室を出ていった。去り際、透の様子をじっと観察するその目の鋭さに、まさ子は戦慄した。

(忘れていた……。充くんも、拘束されたんだった)

まさ子は、絶対に付き添いは止めないと心に誓った。


一週間もすると、透は全く暴れなくなった。しかし、それは「穏やかになった」のとは違う。気力を失くしたのだ。瞳からは生気が消えた。それでも、夜間の拘束がなくなることはなかった。

リハビリの成果も停滞し始める。訓練室には通うが、少しでもよくなろうとして積極的に動いていた頃とは、何かが違っていた。

その日も透はマッサージを終えると、スピーチカニューレに内側の弁を装着して、話す訓練をした。前よりは、声がしっかりしている。

「おかあさん」

「せんせい」

「おねがいします」

そのくらいは、聞き取れるようになった。だが、相変わらず三十分もすると、カニューレの内側の弁を取り外す。声帯まで空気が通わない状態に逆戻りだ。

「もう少し長い間、喋れる状態でいられないんでしょうか。いつになったら、カニューレは取れるんですか？」

先が見えないことに苛立ち、まさ子はＰＴ長の広澤に尋ねた。

「スピーチカニューレは管の内側に弁があるので、管の内径が狭まるんですよ。その分、十分な空気を吸いにくい。だからすぐに疲れるので、三十分が限界です」

「まだ当分今のままですか？」

ＰＴ長の広澤は、少し顔を曇らせた。

「喉の筋肉が思った以上に細っていて、かなりかかりそうです」

「自呼吸は？」

「呼吸もやはり喉や気道の筋肉がないとできないんですよ。結局、呼吸がしっかりできないから声も安定的に出せない。もっと訓練を頑張ってもらわないと……。透くん、最近はすぐに諦めてしまうようになって」

まさ子はカチンときた。

「透にやる気がないとおっしゃるの？」

「前は、あと五回、あと三回、と声をかけると、一生懸命やってくれたんですがね。奥井くんが辞めちゃったからかな。奥井くんとは楽しそうに訓練してました」

広澤はそれが理由であるかのように話す。

「確かに、奥井さんがいないのもあるかもしれません。でも、それだけではないですよ。昼間にマッサージをして筋肉を柔らかくして、立つ訓練もするのに、夜は拘束ですよ。固定ですよ。矛盾じゃないですか。やる気だってなくなりますよ」

「それは……ナースも人手が足りなくて」

「だから私が泊まり込むって言ってるんです。でもそれも許してくれない。あの子、私といる時、暴れたりなんかしませんよ」

広澤は黙り込んでいる。

(広澤さんに言っても仕方ない。それはわかってる。でも、PTの目から見て、透を拘束するのはおかしいって思わないのかしら……)

ふと、広澤が奥井を叱責した日のことをまさ子は思い出した。

(専門外のことを不用意に喋るんじゃない!)

広澤はあの時自分にも言った。

(くれぐれも、ドクターの指示には従ってください)

この人は、味方であって味方でない。何を言っても、ドクターの指示以外のことは口をつぐんで何も言わないのだろう。憤りを通り越して、悲しさが心の中を渦巻いた。

リハビリが終わって透と病室に戻ると、程なくして一人の女性がやってきた。黒のジャケット・スカートのスーツに白いシャツ。長い黒髪は後ろで縛り、黒のパンプスを履いた姿は、いかにも就職活動中の女子大生だ。

「あなたは……」

「山崎です。高校の美術部の」

「山崎奈穂子さん、でしたっけ。事故に遭ってすぐの時も、いらしてくれたわね」

「あれ以来、全然来られなくて。ごめんなさい」

奈穂子は頭を下げた。

「そんな。来てくれてうれしいわ。さ、どうぞ」

まさ子は奈穂子に椅子を勧めた。

「ちょっと売店に行ってきてもいいかしら。何か飲み物を買ってくるわ」

「いいえ、私……」

「ちょうど行こうと思っていたの。ジュース？　コーラ？　それとも温かいものがいい？」

「本当に何も。……大丈夫なんで……」

「わかったわ。じゃあ、私の分だけ買ってきます。ゆっくりしていらして」

飲み物なら、冷蔵庫の中に入っている。だがまさ子は、透と奈穂子を二人っきりにしたかった。それには理由があった。

数ヶ月前のこと、まだ達也が病室にいた頃、美術部の友人である水口が見舞いに来た。気のいい水口は達也にも気軽に声をかけ、男子三人、楽しそうに話をしている。まさ子はその笑い声を廊下で聞いて、病室に入ろうとドアに手をかけた。

その時である。達也が言った。

「水口さん、彼女は？」

「これが、いないんだよ。なんでかモテなくて。何が悪いんだろう？」

「顔？」

「こいつ！」

そんな冗談を言い笑い合っているうちに、水口が真面目な声になった。

「透。山崎は、今でもお前のこと、思ってるぜ」

「え？　なになに？」

「お前は黙ってろ！」

口を挟もうとした達也を、水口の鋭い声が制した。水口は静かに言った。

「透、こうなってお前も残念だろうけど、あの子もあの子なりに苦しんでるんだ。もし見舞いに来なくても、恨むなよ」

病室は静かになった。三人の沈黙を破るように、まさ子はわざと大きくドアをノックし、何も聞いていない振りをして入った。

「あら、水口くん」

「あ、お母さん！　お邪魔してます」

水口もまた笑顔でまさ子を迎え、何事もなかったかのように、達也と二人で馬鹿話を始めたのだった。


透と奈穂子が、高校時代にどのような交際をしていたか、まさ子は知らない。高校の時だけだったのか、透の浪人中も続いていたのか、それもわからない。だが、三年間親友だった水口はいざ知らず、後輩の女生徒が、事故に遭ってすぐに病院まで見舞いにきたことは、まさ子にとって印象深い出来事だった。しかし透が生死の境を彷徨っていた時期である。奈穂子のことも、すぐに忘れてしまっていた。それを、水口の言葉が思い出させたのである。

（事故は、透から青春の全てを奪った）

事故直後の、あの絶望が蘇った。透は何も言わないが、心の中では血を流している。まさ子もまた、身がよじれるほど辛かった。

（事故さえなければ今頃は、大学に入っているだろう。アルバイトもしているだろう。絵の具とキャンバスを抱えて写生旅行にも行っているだろう。あのお嬢さんとのつきあいは続いているだろうか。それとも、別の恋人ができただろうか……）

そんな全ての未来の可能性が、透の人生から消えた。

（なんて残酷な人生……）

売店への道すがら、まさ子は思った。彼女が長い沈黙を経て病院に来たということは、きっと何かしらのけじめをつけようというのだろう。

（その「けじめ」を聞いた透が、今夜暴れないでくれるといいのだけれど……）

まさ子の心は重かった。

病室に戻ると、奈穂子はまだいた。

「お留守番させちゃってごめんなさいね」

「こちらこそ、お邪魔しました」

奈穂子は立ち上がり、帰ろうとする。帰り際に透の方を振り返り、彼女は言った。

「じゃあ、また来ます」

透が短くうなずくのを、まさ子は見た。心なしか、いつもより瞳に力が蘇ったような気がする。

（今日が最後じゃなかった！）

どんな形でもいい。青春を奪われた透に、一人でも事故の前の透を知っている友人がいてほしかった。何ができようとできまいと、透は透。そう思ってくれる友人。奈穂子がその一人になってくれたことが、うれしかった。


消灯時間になった。

「じゃあ透、お母さん、帰るね」

まさ子はいつものようにそう言って帰る支度にとりかかった。すると、透が何か言いたそうにする。

「何？　明日持ってきてほしいものでもある？」

「おかあさん」

「あら、今日は透の声が、聞こえる。うまく喋れるようになったの？」

透は喉につけた気道確保のためのカニューレの穴を、手で押さえるようにして続けた。

「おかあさん、かえらないで」

「透！」

「ぼくはかえりたい。いえにかえりたい。お母さん、かえらないで。はえらないへ、ほえ、ふわ、……」

そこまで言うと、透は咳き込んだ。咳き込みながら、何かを言おうとする。しかしまさ子には聞き取れない。

「ほおまま、ほえ、ほろ……」

「どうしたの？　何が言いたいの？」

咳き込みが止まらない。

「どうしたの、苦しいの？　痰を取ってもらおうか？」

まさ子はナースコールをした。

「どうされましたか？」

板野の声だ。

「痰が絡まったみたいで、苦しそうなんです」

「すぐに行きます」

病室に来た板野は、すぐにカニューレの中に細いチューブを入れて、痰を除去した。

「もう大丈夫ですよ」

板野は透に優しく声をかけた。透も落ち着いてきた。板野は申し訳なさそうに言った。

「お母さん、申し訳ありません、もう消灯なので……」

「わかりました」

「透くん、バンドつけるね。痛くしないようにするから。力を抜いていれば、痛くないからね。ちゃんと見まわりにくるから」

　板野はそう言いながら、透の手足に拘束バンドを装着した。透は何も言わないが、その目でまさ子に何かを訴えている。

「板野さん」

「はい」

「今日は当直ですか？」

「はい」

「あなたが当直なら、安心だわ。いつも優しくしてくださるから」

「そんな、当然のことです」

　恐縮する板野に、まさ子は言った。

「お願いがあるんですけど」

「何でしょう？」

「今日、透は初めて『帰りたい』って言ったんです。こんなこと、今までになかった。他にもいろいろ言いたいことはあったみたいなんだけど、痰が絡むし、うまく喋れないし、私も聞き取れない。もしかしたら、今夜また、暴れるかもしれません。もし、何か変わったことがあったら、ここに電話してください」

まさ子はメモ用紙を板野に渡した。

「私ね、携帯電話を買ったんです。寝てる時も携帯を枕元に置いておきますから、夜中でもなんでも」

「それは……」

板野は言葉に詰まる。

「もちろん何かありましたら連絡しますけど……」

「どんな小さなことでもいいんです。様子がわかれば安心しますから」

「……」

戸惑う板野に、まさ子は言った。

「もし達也くんのママなら、あなたにどっさり付け届けをするところだけど、うちはそういう主義じゃないし。それに、あなたもそういうのが嫌いな人よね」

「……はい」

「だから、私はあなたに、心からお願いするだけ。何かあったら、連絡をください。あなたが、あなたの気持ちで、連絡した方がいいと思ったら連絡して」

板野は、まさ子から受け取ったメモを両手に握り締め、小さくうなずいた。

「ありがとう。それじゃ帰ります。透、おやすみなさい」

＊＊＊

けたたましく、携帯電話のベルの音が鳴った。まさ子は飛び起きた。午前二時である。この携帯の番号を知っているのは、板野だけだ。まさ子の胸は不安で締め付けられた。

「城田です」

「お母さん、早く来て！　透くんが、透くんが！」

板野の声が震えていた。小さな声である。

「暴れているんですか？」

「いえ、容体が急変しました。早く来て！　ああ早く！」

これまでに聞いたことのないような、ナースらしからぬあわてようだ。

「すぐ行きます。ありがとう」

板野は取り乱していたが、まさ子は冷静だった。まずは夫の幹雄を起こした。

「あなた！　病院から連絡があった。透に何かあったみたいなの」

幹雄はガバッと身を起こすと、無言で身支度を整えた。そしてまさ子に言った。

「冷たい水で顔を洗ったら、車を出すぞ。お前もすぐに乗り込め」

まさ子はうなずく。そして順子の家に電話をした。「何かの時には必ず連絡して」と言った順子の言葉を思い出したのだ。

「遅くにごめんなさい。透が、病院から電話があったの。透が！」

「わかった。すぐ行くわ。すぐに行くから！　この前行った病室ね？」

まさ子は充の母、伸枝にも電話をした。

「ごめんなさい。電話なんかして。透が急変したって。……これから病院に行きます」

まさ子はだんだん冷静ではいられなくなっていた。

「急変ってどういうことかしら？　夕べ、九時まで普通だったのに。何があったの？　この前、病室に織田先生が来たの。私、怖い。私、怖い！」

（もし、透が充くんのようになったら……）

伸枝には決して言ってはいけない言葉。それすらも口から出てきてしまいそうだ。

「早く行きなさい！」

伸枝は大声で叫んだ。

「一分でも一秒でも早く。きっとまだ間に合う。そして、医者たちに言うの。絶対に生かしてください、死なせないでください、全力で助けてくださいって」

「まさ子、何をしてるんだ。行くぞ！」

幹雄が玄関から叫んだ。

「行くわ、私、行くわ！」

まさ子は電話を切ると、車に飛び乗った。


病室に駆けつけると、そこには板野と、透に何やら処置をしている医師がいた。

「透！」

まさ子は思わず叫んだ。

その声に医師が振り向く。織田だった。まさ子の顔を見て、織田が叫んだ。

「なぜ？　誰が連絡した？」

その声には恐ろしいほどの威圧感があり、そばでトレイを持つ板野が震えている。

まさ子は瞬間で理解した。

（本当に、板野さんは自分の判断で電話をくれたんだ……）

彼女を巻き込んではいけない。まさ子はとっさにそう思った。

「夢です」

「え？」

「夢を見たんです。母さん来てくれ、来てくれって透が夢で言うんです。昨日の夜、帰りがけに、息子は帰らないでって懇願した。それを振り切って家に帰ったから、どうしようもなく不安で。だから来たんです。そんなことより、透はどうしたんですか？」

「……容態が急変しました。四十度以上の熱が出て、痙攣が止まらない。ホリゾンを投与しましたが、まだ痙攣が収まりません」

（ホリゾン……。充くんのときも使ってた！）

まさ子は嫌な予感がした。

「透、透！」

真っ白くなっている透の足に触れると、とても冷たい。見ると太もものつけ根に点滴がされている。「灌流液」の話が脳裏をよぎった。

「これ、灌流液じゃないですよね？　まだ透は死んじゃいませんよね？」

「……全力を尽くしています。が……」

まさ子は織田の言葉を遮って叫んだ。

「もし、透が今脳死状態だったとしても、最後まで生かす努力をしてください。この子の心臓が最後の最後まで頑張るのを見届けますから。絶対に臓器移植はさせません。解剖もさせません。透、透、聞こえる？　お母さんきたからね。お父さんもいるからね。絶対に大丈夫だから。先生を、坂本先生を呼んでください。主治医を呼んでください」

「当直医は私です」

織田は憮然として言い放った。

「主治医を呼ぶのは当然でしょ？」

後ろからの声に振り向くと、順子がいた。

（来てくれたんだ！）

駆けつけた順子は、織田にたたみかけた。

「呼べますよね。私、ナースしてましたから、わかります。緊急で呼んでください。来られないまでも、指示は仰げますよね」

「コールします！」

それまで身を固くして微動だにしなかった板野が、弾けるように叫んだ。そして一目散に廊下へ、ナースステーションに向かって病室を飛び出した。その時、一瞬まさ子と目があった。その瞳は、涙でいっぱいになっていた。

（充くんのときは、急変してから何時間も経ってから連絡が来たという。そのときにはもう息をしていなかったと話していた。もし透が助かるとしたら、それは、彼女の電話のおかげだ！）

　まさ子は心の中で、手を合わせた。

　程なくしてナース長の木村が、機材を運ぶ板野と共にやってきた。

「織田先生、坂本先生がすぐにいらっしゃるそうです。それまで、バイタル維持してくださいとのことでした」

　木村の声を聞いて、織田の表情からは、どこか落胆の気配が感じ取られた。

「それでは処置に入りますので、皆さんは廊下でお待ちください」

　ナース長は淡々と指示をし、まさ子たちを病室から追い出した。

　廊下に出ると、幹雄が呟いた。

「俺は見たぞ。織田って医者、太ももの点滴をすぐに外した。……お前のいう通りなのかもしれない。この病院は、信用できん！」

　幹雄は握った拳を震わせた。

　やがて坂本がやってきた。

「先生！」

　すがるまさ子に、坂本はうんうんとうなずいた。

幹雄が叫ぶ。

「先生、息子をうちに戻してください。どんな形でもいい、この子が生きていることが、私たちの幸せなんです！」

日頃感情を外に出さない夫の、懸命に懇願する背中を見ながら、まさ子はただ涙を流していた。その背中を、順子がそっとさすった。

「最善を尽くします」

坂本はそう言い残して、病室に入っていった。

第九章　新生

一時間ほど経って、坂本が病室から出てきた。

「なんとか脈と呼吸を確保しました。血圧も持ち直した。これからＩＣＵに入ります」

まさ子は全身の力が抜け、幹雄の腕の中に崩れ落ちた。安心したのだ。幹雄は言った。

「透は、助かったんですね？　先生、助かったんですね？」

「まだ予断を許しません。が、最大の危機は脱したと思います」

坂本の後ろから、織田も顔を出した。

「危ないところでした」

まるで、全てが自分の手柄のような言いっぷりだ。

「……織田先生の処置が良かったんでしょう。ありがとうございます」

坂本はそう付け加えたが、その言葉にはトゲがあった。しかし織田はそれを意に介さず、言葉通りに受け取って、一仕事終わった、といった顔をしている。

「お疲れ様。じゃあ、あとは坂本くん、よろしく」

そう言ってまさ子たちに一礼し、去っていく織田の後ろ姿を、まさ子も幹雄も言いようのない気持ちで見送った。

幹雄は坂本に言った。

「うちの息子は、すぐにでも転院させます」

「いや、お父さん、待ってください。これからＩＣＵでしっかり経過を見ないと」

「あの医者は信用できない。あの医者がいる限り、私はこの病院を信用しない」

今まで、妻のまさ子さえ見た事のない形相だ。これまで、病院を無条件に信用してきたからこその、裏切りに対する怒りであった。

「あなた、……あの人のことはさておき、坂本先生のことは信じましょう。この夜中に来てくれて、透を助けてくれたんだから」

まさ子が言うと、順子も言葉を添えた。

「私もそう思います。ＩＣＵで、ある程度落ち着くまでは診ていただいた方がいいです。今、不用意に動かすと、かえって危険です」

「しかし、そのＩＣＵで何かあったら……」

坂本は、頭を下げた。

「お父さん、そんな気持ちにさせてしまったのは、私どもの落ち度です。……至らないところがあったかもしれません。申し訳ありません。また、精一杯尽くしても、皆さんのご要望に応えられない場合もある。しかし、これだけは信じてください。私は、少なくとも私は、人の命を救うために医者になった。転院するのは構いません。でも、今はダメだ。透くんのために、それは認められない」

病室から廊下に、ベッドごと透が出てきた。

「透！」

心なしか、一時間前に見た時より、顔に血の気が戻っている。まさ子は動くベッドに付き添いながら、上掛けを払いのけて透の足を触った。

「温かい……」

（戻ってきた！　透が戻ってきた！）

まさ子はほっとして足を止め、ＩＣＵへと遠のいていく透のベッドを見つめた。

「お母さん、大丈夫ですか？」

板野が声をかけた。

「板野さん……」

まさ子は板野に抱きつき、肩を震わせて泣いた。板野もほっとした顔をしている。

「助かって、本当に良かったです。ＩＣＵのことなど、後ほど詳しくご報告しますから、皆さん、一旦一階のロビーで御休憩ください。ソファに横になられて構いません。今、毛布をお持ちします」

板野はまさ子から離れて毛布を取ってくると、順子に顔を向けた。

「あの……ナースのご経験があるとか……」

「はい」

「皆さんのこと、どうぞよろしくお願いいたします」

そう言うと、手に持っている毛布を順子に渡した。

「はい。私、あなたのようなナースに会えて、誇らしいわ」

「……いえ。私は無力です。もっとしっかりしたナースにならなければ」

板野はそう言うと、ペコリとお辞儀をして走っていった。

＊
＊
＊

ＩＣＵに入って十日目。透は無事に意識を取り戻した。幹雄は涙を流して喜んだ。そして、すぐにでもＴセンターに転院させると言って聞かなかった。

坂本も、とうとう根負けする。

「ではこうしましょう。そのＴ療養センターの瀬島先生という方と、今から連携を取ります。将来の転院を視野に、透くんの状態を示すカルテも共有します。その上で、瀬島先生が転院可能と認めれば、私も転院を許可します。いかがですか？」

まさ子は同意した。そもそもTセンター側が応じなければ、幹雄がどんなに望んでも、転院はできない。以前相談した時には、データを渡すことすら「そういう制度はない」と言って渋った坂本が、逐一カルテを共有するというのだから、相当な歩み寄りだ。

もちろん、Tセンターのような療養型の病院でなければ、いますぐ転院も不可能ではない。だが、また最初から納得のいく病院を探す自信は、今のまさ子にはなかった。また、ＩＣＵで様々な管につながれながら横たわる透を見れば、この状態でどこかに移動するということが、いかに無謀であるかは一目瞭然である。

「あなた、そうしましょう。ね」

幹雄もようやく妥協に応じる。

「……そうだな。第三者の目が入れば、少しは安心だ」

いつもなら、感情的になったまさ子を幹雄がたしなめ説得するところだが、今回ばかりは逆だった。

もう一つ、この病院に変化があった。織田がＵ病院を離れたのだ。この突然の人事情報をまさ子に知らせたのは、仲枝だった。

ＩＣＵから一般病棟に移ってすぐ、仲枝が透を見舞った時のことである。

「本当に透くん、助かって良かったわ。もう大丈夫ね」

「仲枝さんのおかげよ。あの日、電話で言ってくれたこと、本当にありがたかった」

「……充みたいになってほしくない、ただそれだけだった。あなたから、助かったっていう電話をもらった時は、心底ほっとしたわ。だって、織田が当直だって聞いたから、本当に心配したのよ。そういえば、あの人、ここを辞めるらしいわ」

「織田先生が？　なぜ？」

「大阪の医療センターに行くんですって。弁護士の永井先生から聞いたの。今、充の訴訟準備をしていて。この異動によって訴訟の相手をどうするか、また考え直さなくちゃならないの。Ｕ病院にするか、医師の織田個人にするか、あるいは両方にするか。どうしたらいいか……」

「透のことが関係しているの？」

「どうかしら。永井さんの話だと、大阪の医療センターに行くってことは、栄転みたいなの。出世じゃないかって。でも出世だとしたら、ほんとにこの世は狂ってる。あの医者、絶対おかしいわ」

仲枝の憤慨に、まさ子もうなずく。

「透の足が氷のように冷たかったこと、私は忘れないわ。夫も、私たちが騒ぎ立てた直後、太腿から点滴を外したところを見てるの」

「カルテ開示は要求した？」

「したわ」

「病院を辞める前に要求しておいてよかったわね」

「それも仲枝さんが、すぐに押さえるようにアドバイスしてくれたからこそよ」

「充のときは、私は何も知らなくて、何もかも後手にまわって苦労したから」

「透の場合、当直はあの人だったけど、主治医は坂本先生だったから、それも大きかった。坂本先生経由であの日の観察表も手に入ったの」

「どうだった？」

「やっぱりホリゾンを打ってる。でも、一回だけ。というか、もし私たちが到着しなければ、きっともう一回打つつもりだったんでしょうね。見せてもらった充くんの観察表と、似たところが多すぎるもの」

まさ子がそう言うと、仲枝は言いにくそうに切り出した。

「……お願いがあるんだけど……」

「何かしら、私にできることがあるなら」

「その観察表、コピーしていただくことはできる？」

「……充くんの裁判のため？」

仲枝はうなずいた。

「もちろんよ。カルテももらっておくわ。透に起きたことの記録が、少しでも充くんの裁判に役立つようなら、コピーもするし、証言だって何だって、私にできることは何でもする。きっと、夫も同じ気持ちよ」

「ありがとう。いろいろ方向が決まったら、連絡するから、その時に改めて、永井先生と一緒に協力をお願いするわ」

「……あ、でも板野さんにだけは、迷惑をかけたくないから、証言は限られるかな。一部を隠して偽証したとか言われると、かえって迷惑かけるかも……」

仲枝は微笑んだ。

「まだ先のことだから。とにかく観察表だけ提供してもらえれば、それで十分よ。……それにしても、そのナースさん、よく独断でそんなことしてくれたわね」

「正義感の強いナースなの。付け届けも絶対受け取らないし。彼女が電話をくれたから、透は助かったんだわ。でも、相当な決意だったと思う。実はね、彼女、病院辞めたの」

「え？　辞めた？」

今度は伸枝の方が驚く番だ。

「辞めさせられたってことはない？　無断であなたたちを呼んだのがわかってしまって……」

「私もそうかと思って心配したんだけど、そうでもないみたい。前から考えていた留学だそうで、語学学校の宿舎の空きが出たから、すぐに行くことにしたんですって。まあ、他のナースさんに聞いても、あの人は真面目すぎてうちの病院が合わなかったのよね、とか、そういう感じで、透のことと結びつけるような雰囲気はなかったし」

「ふうん。真面目すぎるいいナースが、現場を辞めていっちゃうって悲しいね」

「今度行くTセンターにも、あんなふうに一生懸命患者のことを考えてくれるナースが、たくさんいてくれるといいんだけど」

「転院、決まったの？」

「まだもう少しかかりそう。でも、このまま状態が安定すれば、来月にはって言われてる」

「よかったわね！」

「また、一からリハビリのやり直しよ。ベッドの上でマッサージして、ストレッチャーに移る練習して、座る練習して……」

「でもいいじゃない。透くんは生きてる」

「そうね。私、頑張るわ。透がこれからの人生を、楽しく生きられるように」

「そうよ。充の分まで」

仲枝はまさ子の手をしっかりと握った。充を失った仲枝が、透の生還を笑顔で祝福してくれるのを見て、まさ子は胸が張り裂けそうだった。

「充くんの分まで！　仲枝さん、約束するわ。本当にありがとう」

まさ子は仲枝の手を握り返した。

（私は息子を救うことができた。でも、私が救ったんじゃない。仲枝さんや、板野さんや順子や奥井さんや、みんなに救われた）

そのことを、絶対に忘れないでいよう、とまさ子は思った。


意識が回復した透は、数ヶ月後にT療養センターに転院した。リハビリは、また最初からやり直しである。だが、まさ子に悲壮感はなかった。透が生きている、そのことが幸せだった。歩けなくても、喋れなくても、そこにいるだけでよかった。

まさ子と幹雄は瀬島医師と相談し、透の「ゴール」を「絵を描くこと」に設定した。立位保持や自呼吸回復にはこだわらず、好きなことをするために必要な神経や筋肉に刺激を与えることを優先したのである。これが思った以上に透に火をつけた。ＯＴと呼ばれる作業療法士の加藤が初めて病室に来た時、彼が持ってきた画用紙と画板、そしてクレヨンに目を輝かせたのだ。

「これは病室に飾っておきましょう。いつか使えるように。そして、まずは、作業室で絵の具を触ります。汚れても平気な作業着を着て、大きな模造紙の上に寝て、好きな色を選んで、好きなように描きましょう。きっといい刺激になります」

マッサージやストレッチなどのトレーニングと並行してのこの「ペインティング」の時間は、透に笑顔をもたらした。最初は加藤に手首を支えてもらいながら、絵の具のついた手のひらを模造紙に当てて「描かされて」いたのが、いつの間にか自分から絵の具をつけようとする意思が芽生えてきた。また、右手だけでなく左手にも絵の具をつける。絵の具の方に体を傾け、何種類もの色を自分で混ぜる。手のひらではなく、指先だけに絵の具をつけて描こうとすることもあった。気がつけば、腕の力、上半身を支える筋力もかなりついてきた。

何よりまさ子を感激させたのは、作業室から帰ってきてベッドに横たわる透の、満足そうな寝顔だった。力いっぱい絵の具と格闘した後の、深い眠り。

「今日も楽しかったね」

まさ子はそう言って家に帰るのだった。夫の幹雄も、仕事の帰りにT療養センターに寄ることが多くなった。そんなときは、夫婦二人で透の様子を語り合い、リハビリの進捗に一喜一憂しながら帰路についた。

T療養センターにはソーシャルワーカーが常駐する社会福祉課がある。そこで自宅療養を目指した相談をするうちに、透は障害者手帳の一級を取得でき、その結果障害年金を受給できるとわかった。自賠責の方でも後遺障害に対する賠償金が認められ、透の将来について、光明が射し始める。「これ以上治らない」と諦めたことで、得られたものもあったのだ。

とはいえ、すぐに自宅療養に移ることは不可能だった。ホームヘルパーなどを頼んで日常の介護をしてもらうことも考えたが、それはもう少し先のことになりそうだった。自宅に車椅子の透を迎えるには、玄関や廊下が狭すぎたのだ。築二十年以上の一軒家を効果的にバリアフリーにリフォームすることができるのか、それも問題だった。

しかし、ソーシャルワーカーは、いろいろな選択肢を示す。

「ご自宅は難しくても、外泊が許可されたらバリアフリーのホテルなどで一泊されるのもいいですよ。外に出れば刺激もありますし、少しずつ慣れるという意味でも」

（そうだ！　別に自宅でなくてもいい、家族で一緒に泊まるだけで、どんなに素敵か！）

透の未来が少しずつ開けていくようで、まさ子はわくわくした。

「いつか写生旅行に行きましょうよ！」

まさ子は幹雄に言った。

「水口くんや……高校の美術部の人で一緒に来てくれる人がいたら、ね？　みんな、思い思いに写生すればいいじゃない。私も何か描くわ。下手でもいいから。透も、そういうところに身を置いたら、そこでは描けなくても、病院に帰ってから何かを描くかもしれない」

幹雄もうなずいた。

「……そうだな。だが水口くんには、迷惑じゃないのか？」

幹雄の心配も当然のことだ。

「大丈夫よ。きっと力を貸してくれると思う」

「わかった。じゃあ、透でも泊まれるホテルがあるか、一応は調べておく。まあ、いつのことになるかわからんが」

そうは言いつつ、幹雄の口元は微笑んでいた。

（あの人も、きてくれるかしら……）

水口と共に、山崎奈穂子が来てくれたらいい、とまさ子は密かに思っていた。

第十章　希望

二〇一〇年の夏は、記録的な猛暑であった。九月に入っても気温は高止まりで、十月、ようやく風が秋めいてきた。

「結構涼しくなってきたわね。今日は半袖じゃ寒いかしら」

身支度をしながら、まさ子は幹雄に声をかけた。

「そうだな」

幹雄はリビングのソファに座り、新聞を広げている。

「今日は何時ごろ帰ってくるんだ？」

「あらいやだ、今日は車で迎えに来てくれるんでしょ？　二時には記念公園に着きたいから」

「そうか、今日はその日か……」

思い出したように幹雄が呟いた。

「忘れてたの？」

「忘れちゃいないさ」

一瞬顔を上げた幹雄は、また新聞に目を落とす。

（忘れてたじゃない）

まさ子はクスッと笑った。透がT療養センターを退院して十六年。幹雄は最近少し物忘れが増えた。健康に問題ないとはいえ、幹雄も七十歳を過ぎている。髪は薄くなり、新聞を読む背中も丸い。

「じゃ、行ってきます。一時にセンターよ。忘れないでね」


六十五歳になったまさ子は、T療養センターの社会福祉課で働いていた。重度の障害を負った透が本当に自立できるのか、そのために何をやればいいのか、どんな福祉制度があるのか、まさ子はT療養センターに来るまで何も知らなかった。何の落ち度もない息子が事故に巻き込まれ、ただただ毎日看病するだけで精一杯だったのだ。

（多くの人が励まし、慰め、導いてくれた。今度は私が誰かを支える番。自分が味わった不安や葛藤や苦しみを、何かの役に立てたい）

どんなときにどんなサポートが必要か。当事者である自分だからこそわかることがある、とまさ子は思ったのだ。最初はボランティアの形で、センターの患者の会で積極的にピアカウンセリング（当事者同士の話し合い）に参加した。並行して通信教育で、カウンセリングの勉強をした。大学時代、教職課程で心理学を少し学んでいたこともあり、数年で認定カウンセラーの資格を取得する。また、T療養センターの社会福祉課での実務経験を経て、社会福祉士の国家資格も取った。以来、まさ子はT療養センターで働き続け、六十歳で一旦退職する。が、今も契約社員として責任ある業務に携わっていた。この日も出勤し、一時までは勤務なのである。到着早々、同僚が声をかけてきた。

「城田さん、お客様です」

「患者さん?」

「ううん、小川あゆみさんっていう女性で、看護大学の先生をしているんですって」

「……知らないなあ」

「カウンセリングルームにお通ししちゃったけど、まずかったですか?」

「ううん、私を名指しだったんでしょ? とりあえずお会いします」

そう言って、まさ子はカウンセリングルームへと向かった。ドアを開けると、スーツを着た細身の女性がすっと立ちあがる。その顔に、見覚えがあるような気もしたが、小川という名前に心当たりはない。

「城田さん、お久しぶりです。U総合病院でナースをしていた板野あゆみです」

「あ!」

四十代とおぼしき顔に、若かりし頃の板野のくりくりとした瞳が重なった。

「板野さん！」

「覚えていてくださいましたか？」

「当たり前よ！　忘れてどうするの？　小川さんって、ご結婚なさったの？」

「はい」

「それにしても、よくここがわかったわね」

「この前、看護系の雑誌で取材を受けていらっしゃったでしょう？　『当事者の声を聴こう』っていうタイトルの記事」

「ああ、あれね」

「感銘を受けました。患者様の声をちゃんと聞かなければいけない、と、学生たちにも改めて伝えたところです」

「そうだ、看護大学の先生をされているの、すごいわ！　……あれからすぐに、留学されたっていうのはお聞きしたわ」

「……私、海外で学び直したんです。アメリカ、スウェーデン、オーストラリアにも研修に行きました。私の目指す看護って何だろう、とそれを考え続けました」

「きちんとお礼も言えず、本当にごめんなさい。改めて、心から感謝します。透の命を救ってくれたのは、あなたよ。本当に感謝しています」

あの夜、買ったばかりの携帯電話から聞こえた板野の叫び声を、まさ子は今でも覚えていた。

「電話をとったら板野さん、すごい声だったのよ」

板野は苦笑いだ。

「……冷静さを失い、ナースとしては失格ですね」

「何を言ってるの！　あなたは透の命の恩人。それに、あなた、充くんの裁判でも証言してくれたじゃない！」

一九九二年の冬、高橋伸枝はU病院を相手取り、息子・充が十分な医療行為を受けられず、さらに死後、臓器を無断で奪われたとして裁判を起こした。その中で、ナースの板野が原告側の証人になったことは、医療界をざわつかせた。

「本当に勇気が要ったと思うわ。辞めた後とはいえ、働いていた病院に向かって……」

「高橋さんの息子さんの状況が、城田さんの場合とよく似ていて。私、黙っていてはいけない、と思ったんです。あの時私は、許せないものを見てしまった。医療者以前の問題です。命の尊厳の問題です。一人の人間として、正しいことをしたかった」

まさ子は、うん、うん、とうなずいた。

「本当によく話してくれたと思う。私、今もあの日のことを、時々思い出すの」

その日、証言台に立った板野の背中は、硬くこわばっていた。傍聴席から顔は見えない。永井弁護士は彼女に、透の容体が急変した夜のことを尋ねる。答える声は震えていたが、まさ子にもはっきりと聞こえた。

「私、一度は織田医師に言ったんです。シンメトレルの処方がおかしくないかって。減量したり増量したりを繰り返すのは危険じゃないか、悪性症候群が発症する危険性がありませんか？って。でも織田医師は『大丈夫だ』と言うばかりで。私もあの日は夜勤に入ったタイミングで、シンメトレルは自分が任された処方でもなく、それ以上強く言えませんでした。でも案の定、透くんが高熱や痙攣を発したため指示を仰いだとき、『しばらく様子を見よう』って言ったんです。もし悪性症候群だったら、直ちに治療を始めなければいけないのに。病室に来てくれない織田医師に何度もコールして、もう熱が四〇度を突破していると告げると、『じゃあホリゾン五ミリ入れといて』と指示されました。その時点で、私は何か、大変なことに巻き込まれているような予感がしたんです。患者の様子も見ずに、ホリゾンを処方するなんて。こんな不誠実なドクターの指示を仰いで、それが患者のためになるのかって。でも、自分にはどうすることもできない。私、城田さんのお顔が浮かびました。とにかく来てもらおう、この病室を密室にしてはいけない、そう思ったんです。それで、城田さんから聞いていた電話番号に、連絡を入れました」

板野は続ける。

「やがて織田医師がいらっしゃいました。灌流液を持ってきました。私は、自分の直感が正しかったことを恨んだ。こんな直感、外れてほしかったのに。『あれ、まだ生きてるの？ホリゾン追加』織田医師はそう私に指示をしました」

その言葉に、まさ子の胸はギュッと締め付けられた。

（……まだ、生きてるの？……ですって？）

「その指示を受けて、あなたはどうしましたか？」

永井弁護士の問いに、板野が答える。

「私は……動けませんでした。『何してる、早く』って言われましたが、動けなかった。……そこへ、城田さんのご夫婦が駆けつけてくださったんです」

板野の証言は衝撃的だった。だが、所詮、透の話である。一命を取り止め、当然ながら臓器も摘出されていない。病院側は板野が、充の治療や看護に一切関わっていないことを強調し、だから証言も「高橋充」とは無関係であると主張した。

伸枝は充の死を、心停止して数時間経ってから知らされている。それまでに何が行われていたのか、すべては闇の中だ。新しい証拠など、後から出てくるとは思えなかった。

ところが一九九三年に起こった一つの事件が、裁判の風向きを変える。

関西のとある病院で、二十代の女性がクモ膜下出血を起こし、脳動脈瘤の手術を受けた二日後「脳死に近い」として蘇生措置をしない扱いとされた。その後家族は腎臓移植を求められ、最終的に同意。すると病院は昇圧剤を止めて移植の準備に入る。「血圧が七十に下がったら腎臓を洗います」と言って灌流液を流し、心停止を確認すると直ちに腎臓を摘出したのである。担当した教授は、このやり方をマニュアル化して、以前にも同じようなことをしていたということが明るみに出た。そしてその当時、織田医師は大阪の医療センターに移っており、織田医師もこれらに関与していたかもしれない、と糾弾され始めたのだ。

こうなると、「灌流液」に言及した板野の証言が、俄然信憑性を帯びてくる。もしかしたら、織田医師は大阪の事件と同様のことをやっていたかもしれない、と。

病院側は、すかさず示談を申し入れてきた。「真相はわからない。が、充くんも織田先生が主治医だから、もしかしたらその毒牙にかかっていたかもしれない、それを見抜けなかったことについては病院として謝罪する」、そういう申し出だ。

結果、伸枝は賠償金と、病院からの正式な謝罪とを勝ち取った。

「病院は早く幕引きをしたかっただけかもしれない。でも伸枝さん、一矢報いたわ。充くんの仇をとることができて、本当によかった」

まさ子はしみじみと言った。すると板野が呟いた。

「私、本当はもっと早く、もっと強く、ちゃんと自分の意見を言うべきだったんです。でも……私はただ見ているだけだった。止めることもできず、震えていた。震えて、城田さんが来るのを待っていた。もしかしたら、透さんだって充くんのようになっていたかもしれないというのに……。情けないです。私の十字架です」

板野は身を二つに折って、しばらく深々と頭を下げたままでいる。そんな板野の背中に、まさ子はそっと手をおいた。

「透は生きてるわ。あなたも後悔を糧に、素晴らしい医療者になっている。私はそれで十分。もう、自分を責めないで」

十八年ぶりの、抱擁であった。

＊　＊　＊

幹雄は一時きっかりに迎えにきた。まさ子は車に乗り込むと、すぐに板野が会いに来たことを話した。

「そうか、あの時の、若いナースさんが……」

口数は少なかったが、幹雄も感慨深げである。

「いろいろあったな」

「ええ」

「しかし、まさか透の絵がこんなに評判になるとはな」

「本当に」

なんと、透の描いた絵が、インターネットで評判になっているのだ。先日は「個展を開かないか」という誘いまであった。透が好きな絵を描いてくれればそれでいい、とだけ思っていたまさ子にとって、この展開は思いもよらないものだった。

転機は写生旅行だった。転院から一年が過ぎ、その秋に思い立って水口に声をかけると、彼は一も二もなく乗り気になって、写生旅行を企画した。場所は、万が一のことが起きてもすぐ対応できるよう、できるだけ近場ということで、県境を流れる川の河川敷ということになった。透が寝ながら移動できるよう、キャンピングカーを借りることも提案した。

「俺が運転しますから。お母さんはお父さんの車で。二台で行きましょう」

ホームヘルパーも一人、一緒に来てもらうことにした。万全の体制だ。それでも最初の外出なので、一泊ではなく日帰りにしたほうがいい、遅くなってもいいから病院に戻ろう、と言ったのも、水口だ。

「次は一泊にすればいいじゃないですか。これから、いくらでもどこにでも行けますよ」

まさ子は、水口の配慮に感謝した。

当日、病院の前にキャンピングカーが止まった時には、その大きさにびっくりしたが、確かに透にとってはこれ以上楽な乗り物はなかった。透のそばにはヘルパーが付き添い、運転は水口、助手席には、山崎奈穂子が座った。

「あのお嬢さんは、誰だ？　水口くんの彼女か？」

「さあ」

幹雄の問いに、まさ子は知らぬふりをした。来てくれただけでうれしかった。これから先のことは、わからない。

駐車場に着くと、透は車椅子に移り、水口が車椅子を押して歩く。その隣には奈穂子が付き添った。ヘルパーには休憩を取って自由に楽しんでもらい、何かあれば呼ぶ、ということにした。

若い三人の後ろ姿を見ながら、まさ子は感無量だった。病院の外に連れ出せたこと、日常を生きる人々と透が一緒の空気を吸っていること、そのそばに、事故の前と変わらず透を慕ってくれる友がいること。

（これ以上、何を望むというの？）

長いスロープを歩き、一足先に河川敷に着いた三人から「うわー！」という声が聞こえた。どうしたのかとまさ子も土手の上へと駆けのぼる。そこでまさ子が目にしたものは、一面のコスモス畑だった。

（これは……）

いつか見た、コスモスの夢。ピンク色に染まる大地。あの時の、コスモス畑にそっくりだ。

「お、あ、あ！」

透が大きな声を出して、指を指している。

「そうよ、お母さんの大好きなコスモスよ！」

まさ子がそういうと、透はにっこりと笑ってまさ子の顔をうれしそうに見た。

「あ、あ、う！」

今度は右手を握り、ぐるぐる回している。奈穂子がそれに気づいた。

「先輩、描きたいの？」

透はうなずく。

「よし、描くぞ！　みんなで描くぞ！」

水口はバッグの中から画板を出して、車椅子の手すりの上にのせた。画板の上に画用紙、そして、透の手にマジックを握らせた。水口も、そして奈穂子もスケッチブックを手に、写生を始める。三人が、同じ方向を見て黙々と絵を描く姿は、秋の陽光に照らされて金色に光った。

この日以来、透はコスモスばかり描くようになった。それまでは、印象派の点描か、漠然とした抽象画のような、色が混沌とした「ペインティング」であったのが、はっきりと「花の絵」であることがわかるものを描くようになったのだ。ただ、それが「コスモス」とわかるのは、まさ子たちが写生旅行でコスモスを見たからであり、第三者からすれば、ピンクや赤や黄色の丸にしか思えなかったかもしれない。しかし、その色使いと形の柔らかいタッチは、人を幸せにする力を持っていた。

透が次々に生み出す「コスモス」の力に最初に気づいたのは、幼なじみの荒井健二だった。彼は親の建設会社を継いで、若いながら二代目社長となっていた。

T療養センターに見舞いにきた健二は、感嘆する。

「お前の絵はすごいな。この絵、俺にくれないか?」

それを額装して会社の受付に飾っていると、出入りのデザイン会社の営業マンが「この絵をモチーフに壁紙を作りたい。作者を教えてくれ」と言い出した。健二はすぐに、透に報告に来た。

「やっぱりお前は天才だ。世界を変える天才だ！　壁紙にしていいか？　ちゃんとカネ取るからさ。おばさん、これ商売になるよ。城田画伯の誕生だ！」

＊＊＊

それから一年ほど経って、透は退院する。退院後は自宅に戻らず、T療養センターが敷地内に新しく建設したホームに入った。独居を希望する重度心身障害者を対象とするホームである。一九九四年に、それまで在宅の寝たきりの高齢者を対象に実施されていた訪問看護制度が、健康保険法等の改正によって重度障害者などを含め全ての年齢に適用されることになったので、透も一人暮らしをしながら訪問型の医療や介護サービスを受けられることになったのだ。センターの敷地内なのでまさ子たちも安心だし、病院ではないので時間にとらわれず、気軽に訪れることができた。

透はそこをアトリエにして、画家として絵を描くことにしたのである。透の作品や著作権についての代理人は、健二が引き受けた。画材の選定やアドバイスは水口、作品を画像にしてホームページを作成したのは、奈穂子である。奈穂子は水口と結婚し、二人して透を支えていた。

そして、一年に一回、まさ子は秋になると、必ずあのコスモス畑に行く。十六年経った今年も、あの河川敷で、透たちが待っているはずである。


車を降りたまさ子と幹雄は、駐車場から土手までの長い長いスロープを、二人してゆっくりと歩いていった。

「こんなに遠かったか？　俺らも歳を取ったな」

「俺ら、じゃなくて、俺、でしょ。私は平気よ」

まさ子の憎まれ口を、幹雄は笑って聞いている。

「あなたにもまだまだ、頑張ってもらわないとね」

幹雄は歩きながら、うんうんとうなずいた。

青空に向かって土手を上り切ると、眼下には見事なコスモス畑が広がっている。

「今年もよく咲いたこと！」

明るい日差しの下、ピンクの花々が、そよ風に揺れている。

「こっちこっち！」

声のする方を見ると、水口と奈穂子が手を振っていた。車椅子の透もこちらを向いて微笑んでいる。

（お母さん、来れたでしょ？　たくさんコスモスの咲いているところに、来れたでしょ？）

透がそう言っている。

（そうだね。来れたね。ここまで、よく連れてきてくれたね）

この世が透の描いたコスモスで埋め尽くされるまで、私は透を見守っている！

まさ子はそよ風に吹かれながら、透たちに思いっきり手を振った。

参考文献

書籍

山口研一郎著、一九九五『生命をもてあそぶ現代の医療』社会評論社
畔柳達雄著、一九九九『医療と法律「大学病院の医療事故（6）―K医大、移植のための腎摘出事件―」』耳展42・4
山口研一郎・桑山雄次著、二〇〇〇『脳死・臓器移植拒否宣言　臓器提供の美名のもとに捨てられる命』主婦の友社
山口研一郎著、二〇〇四『脳受難の時代　現代医学・技術により蹂躙される私たちの脳』御茶の水書房
高草木光一編、二〇〇九『連続講義「いのち」から現代世界を考える』岩波書店
山口研一郎著、二〇一〇『生命（いのち）人体リサイクル時代を迎えて』緑風出版
臓器移植法を問い直す市民ネットワーク著、山口研一郎監修、二〇一一『脳死・臓器移植Q＆A50ドナーの立場で〝いのち〟を考える』海鳴社
山口研一郎著、二〇一七『高次脳機能障害　医療現場から社会をみる』岩波書店

その他資料

いのちを考える学生の会主催、緊急シンポジウム「脳死・臓器移植を考える」～推進・反対両派を迎えて～（1995／12／9）
朝日新聞「人体加工し商品に」（1998／2／13）
朝日新聞「論壇・移植医療と死に行く人の人権」（1998／7／6）
朝日新聞「遺族に無断で臓器採取」（1999／6／27）

参考資料

平成九年法律第百四号　臓器の移植に関する法律

（目的）

第一条　この法律は、臓器の移植についての基本的理念を定めるとともに、臓器の機能に障害がある者に対し臓器の機能の回復又は付与を目的として行われる臓器の移植術（以下単に「移植術」という。）に使用されるための臓器を死体から摘出すること、臓器売買等を禁止すること等につき必要な事項を規定することにより、移植医療の適正な実施に資することを目的とする。

（基本的理念）

第二条　死亡した者が生存中に有していた自己の臓器の移植術に使用されるための提供に関する意思は、尊重されなければならない。

2　移植術に使用されるための臓器の提供は、任意にされたものでなければならない。

3　臓器の移植は、移植術に使用されるための臓器が人道的精神に基づいて提供されるものであることにかんがみ、移植術を必要とする者に対して適切に行われなければならない。

4　移植術を必要とする者に係る移植術を受ける機会は、公平に与えられるよう配慮されなければならない。

（国及び地方公共団体の責務）

第三条　国及び地方公共団体は、移植医療について国民の理解を深めるために必要な措置を講ずるよう努めなければならない。

（医師の責務）

第四条　医師は、臓器の移植を行うに当たっては、診療上必要な注意を払うとともに、移植術を受ける者又はその家族に対し必要な説明を行い、その理解を得るよう努めなければならない。

（定義）

第五条　この法律において「臓器」とは、人の心臓、肺、肝臓、腎じん臓その他厚生労働省令で定める内臓及び眼球をいう。

（臓器の摘出）

第六条　医師は、次の各号のいずれかに該当する場合には、移植術に使用されるための臓器を、死体（脳死した者の身体を含む。以下同じ。）から摘出することができる。

一　死亡した者が生存中に当該臓器を移植術に使用されるために提供する意思を書面により表示している場合であって、その旨の告知を受けた遺族が当該臓器の摘出を拒まないとき又は遺族がないとき。

二　死亡した者が生存中に当該臓器を移植術に使用されるために提供する意思を書面により表示している場合及び当該意思がないことを表示している場合以外の場合であって、遺族が当該臓器の摘出について書面により承諾しているとき。

2　前項に規定する「脳死した者の身体」とは、脳幹を含む全脳の機能が不可逆的に停止するに至ったと判定された者の身体をいう。

3　臓器の摘出に係る前項の判定は、次の各号のいずれかに該当する場合に限り、行うことができる。

一　当該者が第一項第一号に規定する意思を書面により表示している場合であり、かつ、当該者が前項の判定に従う意思がないことを表示している場合以外の場合であって、その旨の告知を受けたその者の家族が当該判定を拒まないとき又は家族がないとき。

二　当該者が第一項第一号に規定する意思を書面により表示している場合及び当該意思がないことを表示している場合以外の場合であり、かつ、当該者が前項の判定に従う意思がないことを表示している場合以外の場合であって、その者の家族が当該判定を行うことを書面により承諾しているとき。

4　臓器の摘出に係る第二項の判定は、これを的確に行うために必要な知識及び経験を有する二人以上の医師（当該判定がなされた場合に当該脳死した者の身体から臓器を摘出し、又は当該臓器を使用した移植術を行うこととなる医師を除く。）の一般に認められている医学的知見に基づき厚生労働省令で定めるところにより行う判断の一致によって、行われるものとする。

5　前項の規定により第二項の判定を行った医師は、厚生労働省令で定めるところにより、直ちに、当該判定が的確に行われたことを証する書面を作成しなければならない。

6　臓器の摘出に係る第二項の判定に基づいて脳死した者の身体から臓器を摘出しようとする医師は、あらかじめ、当該脳死した者の身体に係る前項の書面の交付を受けなければならない。

（親族への優先提供の意思表示）

第六条の二　移植術に使用されるための臓器を死亡した後に提供する意思を書面により表示している者又は表示しようとする者は、その意思の表示に併せて、親族に対し当該臓器を優先的に提供する意思を書面により表示することができる。

（臓器の摘出の制限）

第七条　医師は、第六条の規定により死体から臓器を摘出しようとする場合において、当該死体について刑事訴訟法（昭和二十三年法律第百三十一号）第二百二十九条第一項の検視その他の犯罪捜査に関する手続が行われるときは、当該手続が終了した後でなければ、当該死体から臓器を摘出してはならない。

（礼意の保持）

第八条　第六条の規定により死体から臓器を摘出するに当たっては、礼意を失わないよう特に注意しなければならない。

（使用されなかった部分の臓器の処理）

第九条　病院又は診療所の管理者は、第六条の規定により死体から摘出された臓器であって、移植術に使用されなかった部分の臓器を、厚生労働省令で定めるところにより処理しなければならない。

（記録の作成、保存及び閲覧）

第十条　医師は、第六条第二項の判定、同条の規定による臓器の摘出又は当該臓器を使用した移植術（以下この項において「判定等」という。）を行った場合には、厚生労働省令で定めるところにより、判定等に関する記録を作成しなければならない。

2　前項の記録は、病院又は診療所に勤務する医師が作成した場合にあっては当該病院又は診療所の管理者が、病院又は診療所に勤務する医師以外の医師が作成した場合にあっては当該医師が、五年間保存しなければならない。

3　前項の規定により第一項の記録を保存する者は、移植術に使用されるための臓器を提供した遺族その他の厚生労働省令で定める者から当該記録の閲覧の請求があった場合には、厚生労働省令で定めるところにより、閲覧を拒むことについて正当な理由がある場合を除き、当該記録のうち個人の権利利益を不当に侵害するおそれがないものとして厚生労働省令で定めるものを閲覧に供するものとする。

（臓器売買等の禁止）

第十一条　何人も、移植術に使用されるための臓器を提供すること若しくは提供したことの対価として財産上の利益の供与を受け、又はその要求若しくは約束をしてはならない。

2　何人も、移植術に使用されるための臓器の提供を受けること若しくは受けたことの対価として財産上の利益を供与し、又はその申込み若しくは約束をしてはならない。

3　何人も、移植術に使用されるための臓器を提供すること若しくはその提供を受けることのあっせんをすること若しくはあっせんをしたことの対価として財産上の利益の供与を受け、又はその要求若しくは約束をしてはならない。

4　何人も、移植術に使用されるための臓器を提供すること若しくはその提供を受けることのあっせんを受けること若しくはあっせんを受けたことの対価として財産上の利益を供与し、又はその申込み若しくは約束をしてはならない。

5　何人も、臓器が前各項の規定のいずれかに違反する行為に係るものであることを知って、当該臓器を摘出し、又は移植術に使用してはならない。

6　第一項から第四項までの対価には、交通、通信、移植術に使用されるための臓器の摘出、保存若しくは移送又は移植術等に要する費用であって、移植術に使用されるための臓器を提供すること若しくはその提供を受けること又はそれらのあっせんをすることに関して通常必要であると認められるものは、含まれない。

（業として行う臓器のあっせんの許可）

第十二条　業として移植術に使用されるための臓器（死体から摘出されるもの又は摘出されたものに限る。）を提供すること又はその提供を受けることのあっせん（以下「業として行う臓器のあっせん」という。）をしようとする者は、厚生労働省令で定めるところにより、臓器の別ごとに、厚生労働大臣の許可を受けなければならない。
2　厚生労働大臣は、前項の許可の申請をした者が次の各号のいずれかに該当する場合には、同項の許可をしてはならない。
一　営利を目的とするおそれがあると認められる者
二　業として行う臓器のあっせんに当たって当該臓器を使用した移植術を受ける者の選択を公平かつ適正に行わないおそれがあると認められる者

（秘密保持義務）
第十三条　前条第一項の許可を受けた者（以下「臓器あっせん機関」という。）若しくはその役員若しくは職員又はこれらの者であった者は、正当な理由がなく、業として行う臓器のあっせんに関して職務上知り得た人の秘密を漏らしてはならない。

（帳簿の備付け等）
第十四条　臓器あっせん機関は、厚生労働省令で定めるところにより、帳簿を備え、その業務に関する事項を記載しなければならない。
2　臓器あっせん機関は、前項の帳簿を、最終の記載の日から五年間保存しなければならない。

（報告の徴収等）
第十五条　厚生労働大臣は、この法律を施行するため必要があると認めるときは、臓器あっせん機関に対し、その業務に関し報告をさせ、又はその職員に、臓器あっせん機関の事務所に立ち入り、帳簿、書類その他の物件を検査させ、若しくは関係者に質問させることができる。
2　前項の規定により立入検査又は質問をする職員は、その身分を示す証明書を携帯し、関係者に提示しなければならない。
3　第一項の規定による立入検査及び質問をする権限は、犯罪捜査のために認められたものと解してはならない。

（指示）
第十六条　厚生労働大臣は、この法律を施行するため必要があると認めるときは、臓器あっせん機関に対し、その業務に関し必要な指示を行うことができる。

（許可の取消し）
第十七条　厚生労働大臣は、臓器あっせん機関が前条の規定による指示に従わないときは、第十二条第一項の許可を取り消すことができる。

（移植医療に関する啓発等）
第十七条の二　国及び地方公共団体は、国民があらゆる機会を通じて移植医療に対する理解を深めることができるよう、移植術に使用されるための臓器を死亡した後に提供する意思の有無を運転免許証及び医療保険の被保険者証等に記載することができることとする等、移植医療に関する啓発及び知識の普及に必要な施策を講ずるものとする。

（経過措置）
第十八条　この法律の規定に基づき厚生労働省令を制定し、又は改廃する場合においては、その厚生労働省令で、その制定又は改廃に伴い合理的に必要と判断される範囲内において、所要の経過措置（罰則に関する経過措置を含む。）を定めることができる。

（厚生労働省令への委任）
第十九条　この法律に定めるもののほか、この法律の実施のための手続その他この法律の施行に関し必要な事項は、厚生労働省令で定める。

（罰則）
第二十条　第十一条第一項から第五項までの規定に違反した者は、五年以下の懲役若しくは五百万円以下の罰金に処し、又はこれを併科する。
2　前項の罪は、刑法（明治四十年法律第四十五号）第三条の例に従う。
第二十一条　第六条第五項の書面に虚偽の記載をした者は、三年以下の懲役又は五十万円以下の罰金に処する。
2　第六条第六項の規定に違反して同条第五項の書面の交付を受けないで臓器の摘出をした者は、一年以下の懲役又は三十万円以下の罰金に処する。
第二十二条　第十二条第一項の許可を受けないで、業として行う臓器のあっせんをした者は、一年以下の懲役若しくは百万円以下の罰金に処し、又はこれを併科する。
第二十三条　次の各号のいずれかに該当する者は、五十万円以下の罰金に処する。

一　第九条の規定に違反した者
二　第十条第一項の規定に違反して、記録を作成せず、若しくは虚偽の記録を作成し、又は同条第二項の規定に違反して記録を保存しなかった者
三　第十三条の規定に違反した者
四　第十四条第一項の規定に違反して、帳簿を備えず、帳簿に記載せず、若しくは虚偽の記載をし、又は同条第二項の規定に違反して帳簿を保存しなかった者
五　第十五条第一項の規定による報告をせず、若しくは虚偽の報告をし、又は同項の規定による立入検査を拒み、妨げ、若しくは忌避し、若しくは同項の規定による質問に対して答弁をせず、若しくは虚偽の答弁をした者

2　前項第三号の罪は、告訴がなければ公訴を提起することができない。

第二十四条　法人（法人でない団体で代表者又は管理人の定めのあるものを含む。以下この項において同じ。）の代表者若しくは管理人又は法人若しくは人の代理人、使用人その他の従業者が、その法人又は人の業務に関し、第二十条、第二十二条及び前条（同条第一項第三号を除く。）の違反行為をしたときは、行為者を罰するほか、その法人又は人に対しても、各本条の罰金刑を科する。

2　前項の規定により法人でない団体を処罰する場合には、その代表者又は管理人がその訴訟行為につきその団体を代表するほか、法人を被告人又は被疑者とする場合の刑事訴訟に関する法律の規定を準用する。

第二十五条　第二十条第一項の場合において供与を受けた財産上の利益は、没収する。その全部又は一部を没収することができないときは、その価額を追徴する。

附　則　抄

（施行期日）

第一条　この法律は、公布の日から起算して三月を経過した日から施行する。

（検討等）

第二条　この法律による臓器の移植については、この法律の施行後三年を目途として、この法律の施行の状況を勘案し、その全般について検討が加えられ、その結果に基づいて必要な措置が講ぜられるべきものとする。

2　政府は、ドナーカードの普及及び臓器移植ネットワークの整備のための方策に関し検討を加え、その結果に基づいて必要な措置を講ずるものとする。

3　関係行政機関は、第七条に規定する場合において同条の死体が第六条第二項の脳死した者の身体であるときは、当該脳死した者の身体に対する刑事訴訟法第二百二十九条第一項の検視その他の犯罪捜査に関する手続と第六条の規定による当該脳死した者の身体からの臓器の摘出との調整を図り、犯罪捜査に関する活動に支障を生ずることなく臓器の移植が円滑に実施されるよう努めるものとする。

（角膜及び腎じん臓の移植に関する法律の廃止）

第三条　角膜及び腎じん臓の移植に関する法律（昭和五十四年法律第六十三号）は、廃止する。

第四条　削除

（経過措置）

第五条　この法律の施行前に附則第三条の規定による廃止前の角膜及び腎じん臓の移植に関する法律（以下「旧法」という。）第三条第三項の規定による遺族の書面による承諾を受けている場合（死亡した者が生存中にその眼球又は腎じん臓を移植術に使用されるために提供する意思がないことを表示している場合であって、この法律の施行前に角膜又は腎じん臓の摘出に着手していなかったときを除く。）又は同項ただし書の場合に該当していた場合の眼球又は腎じん臓の摘出については、なお従前の例による。

第六条　旧法第三条の規定（前条の規定によりなお従前の例によることとされる眼球又は腎じん臓の摘出に係る旧法第三条の規定を含む。次条及び附則第八条において同じ。）により摘出された眼球又は腎じん臓の取扱いについては、なお従前の例による。

第七条　旧法第三条の規定により摘出された眼球又は腎じん臓であって、角膜移植術又は腎じん臓移植術に使用されなかった部分の眼球又は腎じん臓のこの法律の施行後における処理については、当該摘出された眼球又は腎じん臓を第六条の規定により死体から摘出された臓器とみなし、第九条の規定（これに係る罰則を含む。）を適用する。

第八条　旧法第三条の規定により摘出された眼球又は腎じん臓を使用した

移植術がこの法律の施行後に行われた場合における当該移植術に関する記録の作成、保存及び閲覧については、当該眼球又は腎じん臓を第六条の規定により死体から摘出された臓器とみなし、第十条の規定（これに係る罰則を含む。）を適用する。

第九条　この法律の施行の際現に旧法第八条の規定により業として行う眼球又は腎じん臓の提供のあっせんの許可を受けている者は、第十二条第一項の規定により当該臓器について業として行う臓器のあっせんの許可を受けた者とみなす。

第十条　この法律の施行前にした行為に対する罰則の適用については、なお従前の例による。

第十一条　健康保険法（大正十一年法律第七十号）、国民健康保険法（昭和三十三年法律第百九十二号）その他政令で定める法律（以下「医療給付関係各法」という。）の規定に基づく医療（医療に要する費用の支給に係る当該医療を含む。以下同じ。）の給付（医療給付関係各法に基づく命令の規定に基づくものを含む。以下同じ。）に継続して、第六条第二項の脳死した者の身体への処置がされた場合には、当分の間、当該処置は当該医療給付関係各法の規定に基づく医療の給付としてされたものとみなす。

2　前項の処置に要する費用の算定は、医療給付関係各法の規定に基づく医療の給付に係る費用の算定方法の例による。

3　前項の規定によることを適当としないときの費用の算定は、同項の費用の算定方法を定める者が別に定めるところによる。

4　前二項に掲げるもののほか、第一項の処置に関しては、医療給付関係各法の規定に基づく医療の給付に準じて取り扱うものとする。

附　則　（平成一一年一二月二二日法律第一六〇号）　抄

（施行期日）

第一条　この法律（第二条及び第三条を除く。）は、平成十三年一月六日から施行する。ただし、次の各号に掲げる規定は、当該各号に定める日から施行する。

一　第九百九十五条（核原料物質、核燃料物質及び原子炉の規制に関する法律の一部を改正する法律附則の改正規定に係る部分に限る。）、第千三百五条、第千三百六条、第千三百二十四条第二項、第千三百二十六条第二項及び第千三百四十四条の規定　公布の日

附　則　（平成二一年七月一七日法律第八三号）

（施行期日）

1　この法律は、公布の日から起算して一年を経過した日から施行する。ただし、第六条の次に一条を加える改正規定及び第七条の改正規定並びに次項の規定は、公布の日から起算して六月を経過した日から施行する。

（経過措置）

2　前項ただし書に規定する日からこの法律の施行の日の前日までの間における臓器の移植に関する法律附則第四条第二項の規定の適用については、同項中「前条」とあるのは、「第六条」とする。

3　この法律の施行前にこの法律による改正前の臓器の移植に関する法律附則第四条第一項に規定する場合に該当していた場合の眼球又は腎じん臓の摘出、移植術に使用されなかった部分の眼球又は腎じん臓の処理並びに眼球又は腎じん臓の摘出及び摘出された眼球又は腎じん臓を使用した移植術に関する記録の作成、保存及び閲覧については、なお従前の例による。

4　この法律の施行前にした行為及び前項の規定によりなお従前の例によることとされる場合におけるこの法律の施行後にした行為に対する罰則の適用については、なお従前の例による。

（検討）

5　政府は、虐待を受けた児童が死亡した場合に当該児童から臓器（臓器の移植に関する法律第五条に規定する臓器をいう。）が提供されることのないよう、移植医療に係る業務に従事する者がその業務に係る児童について虐待が行われた疑いがあるかどうかを確認し、及びその疑いがある場合に適切に対応するための方策に関し検討を加え、その結果に基づいて必要な措置を講ずるものとする。

附　則　（令和四年六月一七日法律第六八号）　抄

（施行期日）

1　この法律は、刑法等一部改正法施行日から施行する。ただし、次の各号に掲げる規定は、当該各号に定める日から施行する。

一　第五百九条の規定　公布の日

〈著者紹介〉

井原淑子（いはら よしこ）

1940（昭和15）年富山市に生まれる。幼少期、富山の歩兵第35連隊に勤務していた父の送迎に毎日、従卒にひかれた馬がやってきたことを覚えている。1961（昭和36）年金沢大学医学部付属看護学校卒、翌年愛知県保健婦学院卒。養護教諭として富山市立八尾中学校、富山市立岩瀬小学校に勤務。結婚し上京、2児の母となる。埼玉県在住。趣味はシャンソンを歌うこと（Youtube ＞井原淑子で検索）と美術館めぐり。フランス・パリのギュスターブ・モロー美術館を再訪したいと思っている。

トオル　事故《じこ》と臓器《ぞうき》

2024年4月26日　第1刷発行

著　者　　井原淑子
発行人　　久保田貴幸

発行元　　株式会社 幻冬舎メディアコンサルティング
〒151-0051　東京都渋谷区千駄ヶ谷4-9-7
電話　03-5411-6440（編集）

発売元　　株式会社 幻冬舎
〒151-0051　東京都渋谷区千駄ヶ谷4-9-7
電話　03-5411-6222（営業）

印刷・製本　中央精版印刷株式会社
装　丁　　弓田和則

検印廃止

ISBN 978-4-344-69064-6 C0093
幻冬舎メディアコンサルティングＨＰ
https://www.gentosha-mc.com/